稀見筆記叢刊

搜神記

新搜神記

[唐]句道興 撰 趙鵬程 整理
[清]李調元 撰 胡勝 校點

文物出版社

圖書在版編目（CIP）數據

搜神記／（唐）句道興撰；趙鵬程整理．新搜神記／（清）李調元撰；胡勝校點．--北京：文物出版社，2024.5．--（稀見筆記叢刊）．--ISBN 978－7－5010－8450－0

Ⅰ.Ⅰ242.1

中國國家版本館 CIP 數據核字第 2024S3L835 號

搜神記　新搜神記

整　　理：趙鵬程　胡　勝
責任編輯：劉永海
特約校對：屈軍生
封面設計：程星濤
責任印製：張道奇
出版發行：文物出版社
地址：北京市東城區東直門内北小街 2 號樓　郵編：100007
網站：http：//www.wenwu.com
印　　刷：寶蕾元仁浩（天津）印刷有限公司
經　　銷：新華書店
開　　本：880mm×1230mm　1/32
印　　張：8.25
版　　次：2024 年 5 月第 1 版
2024 年 5 月第 1 次印刷
書　　號：ISBN 978－7－5010－8450－0
定　　價：48.00 圓

前言

在中國小説史的歷史長河中，神怪故事一直是雅俗共賞的題材，每當提起這類題材，我們往往會想到蒲松齡的《聊齋志异》，也會想到干寶的《搜神記》。有意思的是，這兩部書不僅都是古代小説史上里程碑式的著作，而且兩位作者之間也有一番『文心』深處的對話。蒲松齡在《聊齋自志》中闡述其創作初衷時曾説：『才非干寶，雅愛搜神；情類黄州，喜人談鬼。聞則命筆，遂以成編。』可以發現，從晋人干寶到清人蒲松齡，雖然相隔千餘年，『搜神』這個話題却成爲這場千年『對話』的重要契合點。那麼，千年之後的蒲松齡又何以會記起干寶，又何以會再次燃起『搜神』之好？當我們梳理有關中國古代典籍，可以發現『搜神』之名不僅見於干寶，實際上更形成了一種延續千年的『搜神』傳統。

中國古代以『搜神』爲宗旨的著作衆多，大致可分爲兩種傳統，一種是小説的『搜神』傳統，另一種是宗教的『搜神』傳統。小説『搜神』傳統以干寶《搜神記》

爲起源，以搜神志怪爲主要創作旨趣，流傳至今的主要有干寶《搜神記》、陶潛《搜神後記》、句道興《搜神記》、章炳文《搜神秘覽》、八卷本《搜神記》、李調元《新搜神記》。宗教『搜神』傳統以考證三教神仙源流爲重要特徵，現今可見的主要有元刊《搜神廣記》、明刊《三教源流搜神大全》、明刊《增補搜神記》。此外，在《國色天香》等通俗文獻以及各類公私書目中也可見『搜神』之作的歷史孑遺。

經過上述梳理可以發現，在中國古代的『搜神』傳統中，不僅有像干寶《搜神記》這樣的開創性著作，也有一系列明確標舉『搜神』的系統性文本。值得注意的是，句道興《搜神記》與李調元《新搜神記》可以説是頗具代表性的兩部『搜神』之作。如果説晋代干寶《搜神記》是『搜神』傳統的『發端之作』，那麽敦煌文獻中的句道興《搜神記》與清人李調元《新搜神記》則可以説是其中的『過渡之作』與『收官之作』。

先説作爲『過渡之作』的敦煌本句道興《搜神記》。在敦煌文獻中存有多卷以『搜神記』爲名的類似文獻，其中較爲完整的一卷爲日本中村不折藏本，題『句道興撰』。句道興其人不詳，敦煌文獻中的《搜神記》文本行文相對質樸，或出於下層文人之手。客觀地説，敦煌本《搜神記》的文學價值與相對古雅的干寶《搜神記》尚有差距，但敦煌本《搜神記》的文本風貌、文獻出處却恰恰反映了其『過渡之作』的獨特歷史價值。就其文本風貌看，敦煌本《搜神記》行文質樸甚至夾有一些白話俗語，而這實際上正反映了『搜神故事』在唐宋民間傳播的歷史面貌。從文獻出處上看，敦煌本《搜神記》出自宗教特色濃郁的敦煌文獻，而這也正反映了『搜神』傳統在通俗世界與宗教世界多樣傳播的歷史現實。可以説，敦煌本《搜神記》的這些文本與文獻特性正是『搜神』傳統前後過渡的珍貴歷史見證，其作爲『搜神』傳統『過渡之作』的歷史價值也就值得重視。

再看作爲『收官之作』的《新搜神記》。是書今傳本十二卷，題『綿州李雨村著』。李調元（一七三四~一八〇二），字雨村，一字羹堂，又號墨莊、卧雪山人、童山老人等，四川綿州（今綿陽）人。乾隆二十八年（一七六三）進士，位翰林院庶起士，考功司員外郎，後罷官歸鄉。有《雨村曲話》《雨村劇話》等傳世。《新搜神記》講述順康、乾嘉間江浙、川蜀及京畿等地神怪故事。《新搜神記》徑以『搜神』爲名，這不僅在已知清前中期志怪作品中是唯一的，也可以説是中國古代小説史上『搜神』

命名小説的『收官之作』。但是，與這種獨特歷史定位相對的是，《新搜神記》作爲『收官之作』本身并不完美，作品内部實質上還是一種『雜糅』的狀態：既秉承『搜神』傳統，『思以補干寶之遺』，也呈現出獨特的『考神』之風；既有傳統志怪的特徵，也像大多數清代筆記小説一樣兼具考證、軼聞、補史等多重功能；既可以説是一部志怪，却又呈現出體例上的前後齟齬。可以説，《新搜神記》是『搜神』傳統的『收官之作』但迥非『巔峰之作』。

《新搜神記》雖然是一部并不完美的『收官之作』，但這并不影響其獨特的小説史乃至文化史價值。通過對《新搜神記》文本及其歷史傳統、時代環境、創作旨意的考察，我們可以進一步肯定其作爲『收官之作』的獨特歷史價值。首先，就歷史傳統來看，透過《新搜神記》雜糅的文本狀貌，我們可以看到宗教、小説兩重『搜神』傳統在清代的匯合。其次，通過對《新搜神記》時代文化環境的考察，我們可以發現清代乾嘉時期經史考據與談狐説鬼成爲并行不悖的時代風氣。不僅像前面提到的蒲松齡有『才非干寶，雅愛搜神』之好，紀昀在題詠《鬼趣圖》時也會想起『搜神』的陶潛，道是：『柴桑高尚人，冲澹遺塵慮。及其續搜神，乃論幽明故。』不唯如此，紀氏還進一步表達心志道：『平生意孤迥，幽興聊兹寓。』（《題羅兩峰鬼趣圖》）再次，就創作旨意上看，李調元創作《新搜神記》時呈現出一種鮮明的『考神』特色，可以説是將『搜神』進一步延伸到『考神』。李氏在順應時代假小説以『搜神』的同時，又采取了一種不同於清代前中期其他志怪的『考神』之舉。清代前中期的志怪之作雖然談及神鬼，但却在寫作態度上依舊奉行『子不語』的儒家傳統。例如，袁枚不僅直接將其作命名《子不語》，更在序中稱：『怪力亂神，子所不語也。』與之相類，和邦額《夜譚隨録序》也説：『子不語怪，此則非怪不録，悖矣，然而意不悖也。』進一步看，這樣一種態度不僅是對於儒家傳統的延續，實際上也是對鬼神是否存在的模糊表態。而當這樣一種寫作態度體現在具體實踐中，便呈現出一種『姑妄聽之』的寫作方式。紀昀《姑妄聽之》便是直接以此命名，而袁枚、樂鈞等人不僅自稱『妄聽』，更是自稱『妄言』。道是『妄言妄聽，記而存之』（《子不語序》）；『追記所聞，亦妄言妄聽耳』（《耳食録序》）。和邦額則在『妄言』『妄聽』之外更稱『妄録』，道是『妄言妄聽而妄録之』（《夜譚隨録序》）。李調元一方面在寫作態度上繼承了這種『子不語』的儒家傳統，進而做出類似的模糊表態：『世有怪乎？吾不得而知也。世無怪乎？吾亦不得而知也』（《尾蔗叢談序》）；另一方面又在具體寫作方式上呈現出一種不同於『姑妄聽之』的『考神』之舉，也即以考證之法來『搜神』。正如其在《新搜神記序》中所説：『茲書所纂鬼神獨多，然必據正書，而核其原委，考其事迹。』

可以發現，句道興《搜神記》與李調元《新搜神記》作爲中國古代小説『搜神』傳統的『過渡之作』與『收官之作』，不僅有進一步深入探索的研究價值，也有作爲中華文化歷史遺産的傳承價值。但可惜的是，有關『搜神』之作尚有待較爲系統地整理出版，而且句道興《搜神記》與李調元《新搜神記》已出版本皆時間較早且發行數量不多，普通讀者已較難獲得。因此，本次整理以較爲稀見的句道興《搜神記》、李調元《新搜神記》一并出版。

在此簡要介紹本次對二書的整理情況。句道興《搜神記》版本相對複雜，敦煌文獻中殘存有關《搜神記》文本凡八號，據張湧泉、竇懷永等考察，有關文本分屬三個系統：系統一凡五號，即日本中村不折藏本（以下簡稱『中村本』）、伯五五四五號、伯三一五六號、斯三八七七號、伯二六五六號；系統二凡一號，即斯五二五號；系統三包括原屬同卷的殘卷兩號，即伯五五八八號、斯六〇二二號。諸本之中以中村本存故事最多且完整，歷來整理者多以此本爲底本，本次整理亦遵此例，并以他本作参校。不見於中村本的故事，則據他本補輯。此外，爲進一步向讀者展現敦煌本《搜神記》的多樣風貌，本次整理從系統二、系統三擇選相對完整的文本，整理附於同題材故事後，并標明【异文】。本書故事原無標題，爲方便讀者，本次整理爲每則故事標注序號、擬寫標題。李調元《新搜神記》版本情况相對簡單，嘉慶二年（一七九七）萬卷樓刻本較爲完備，今據之校點。

總之，本次整理既希望爲普通讀者提供一個通行可讀的閲讀文本，同時也希望以此『拋磚引玉』，引起學界對於中國古代小説『搜神』傳統的進一步深入研究。其中或有疏漏不足，還望讀者批評指正。

搜神記

唐·句道興 撰

目録

搜神記一卷

行孝第一

樊寮卧冰求鯉

昔有樊寮至孝，内親早亡，繼事後母。後母乃患惡腫，内結成癰，楚毒難忍，夙夜不寐。寮即愁煩，衣冠不解，一月餘日，形體羸瘦，人皆不識。寮欲唤師針灸，恐痛，與口於母腫上吮之，即得小差，以膿血數口流出，其母至夜便得眠卧安穩。夜中夢見兒來語母曰：『其瘡尚須得鯉魚哺之，後得無病，壽命延長，若不得鯉魚食之，即應死矣。』寮聞此語，憂心恐懼，仰面向天而歎曰：『我之不孝，今乃如此，十一月冬冰結凝之時，何由得此魚食？』即抱母頭而别，出入行哭，悲啼泣淚，仰天而歎曰：『天若憐我，願魚感出，無神休也。』寮乃脱衣覆冰之上，不得魚，遂赤體卧冰之上。天知至孝，當寮背下感出鯉魚一雙。心生歡悦，將歸與母食之，及哺之於瘡上，即得差矣。命得長遠，延年益壽，乃得一百一十而終也。樊寮至孝，松柏終不改易。

張嵩哭母感天

昔有張嵩者，隴西人也，有至孝之心。年始八歲，母患卧在床，忽思堇菜而食之。嵩聞此語，倉忙而走，向地覓堇菜，全無所得，遂乃發聲大哭云：『哀哀父母，生我劬勞。母今得患，何時得差。天若憐我，願堇菜化生。』從旦至午，哭聲不絕，天感至孝，非時爲生堇菜。遂將歸家，奉母食之。因食堇菜，母得除愈。嵩後長大成人，母患命終。家中富貴，所造棺槨墳墓，并自手作，不役奴僕之力。葬送亦不用車牛人力，唯夫婦二人，身自上母棺，己力擎於車上推之。遣妻牽挽而向墓所。其時日有卒風暴雨，泥塗没膝，然葬送道上，清塵而起。嵩葬既訖，於墓所三年，親自負土培墳，哭聲不絕，頭髮落盡，哭聲不止。天知至孝，於墓所直北起雷之聲。忽有一道風雲而來到嵩邊，抱嵩置墓東八十步，然始霹靂，冢開，出其棺，棺額上云：『張嵩至孝，通於神明，今日孝感至誠，放母却活延命，更得三十二年。任將歸妳侍奉。』聞者無不嗟歎斯事，遂拜嵩爲金城太守，後遷爲尚書左僕射。事出《織終傳》。

焦華孝感得瓜

昔有焦華至孝，長安人也，漢末時尚書左僕射。其父身患，焦華甚有孝心，侍養父母，衣冠不解，晝夜憂心，恐懼所及。其父困患，華歸家曰：『兄弟二人，父若不差，身死地下，誰當事父？』父曰：『汝身長嬌能非輕，不可絶其後嗣，汝更勿言。比來夢惡，定知不活，聞我精好之時，汝等即報内外諸親在近者，喚取將與分別。』華問父曰：『患來夢惡何事？』父曰：『吾夢見天人下來取我，語曰：「汝欲得活時，得瓜食之，一頓即活君也；而不得瓜食之，不經旬日，終須死矣。」今十二月非時，何由可得瓜食，是故知死。』華聞此語，氣咽含悲，食飲不下，聲塞頓絶。乃至十日，後始更甦。夢見神喚焦華：『汝有孝心，上感於天，天使我送瓜一雙與汝來，君宜領取，與父充藥。』華遂夢中跪拜而受瓜。夢覺，即於手中有瓜一雙，香氣滿室，而奉其父，父得瓜食，其病得差。故語云：『仲冬思瓜告焦華，父得食之。』凡人須有善心，孝者天自告之。事出史記。

良醫榆附扁鵲

昔黄帝時，有榆附者，善好良醫，能回喪車，起死人。榆附死後，更有良醫。至六國之時，更有扁鵲。漢末，開腸胦，洗五臟，劈腦出蟲，乃爲魏武帝所煞。

扁鵲活虢太子

昔有扁鵲，善好良醫，游行於國。聞虢君太子患，死已經八日，扁鵲遂請入見之。還出，語人曰：『太子須死，猶故可活之。』虢君聞之，遂喚扁鵲入，活太子。遂還，得活。虢君大悦，即賜金銀寶璧與鵲，鵲辭而不受。虢君曰：『今活吾子，即事不違，乃不取受者，何也？』鵲曰：『太子命故未盡，非臣卒能活得。』遂不受之去也。

管路救趙顏子

昔有管路，字公明，善好良才。爾時六月中旬，行過平原，見一年少，始可十八九矣，在道南刈麥然，管路嗟歎而過。其年少問老人曰：『何以嗟歎？』管路復問年少曰：『汝姓何字誰？』年少對曰：『姓趙名顏子。』『向者更無餘事，直以憐卿好年少，明日午時忽然卒死，是故嗟歎也。』顏子問曰：『丈人豈非管路？』曰：『我是。』顏子即叩頭，隨逐乞命。管路曰：『命在於天，非我能活。宜急告父母知，莫令忩忩。』顏子於是歸家，速告父母。父得此語已，遂即乘馬奔趁。行至十里趁及，遂拜管路，咨請之曰：『兒明日午時將死，以何憂憐，方可救命？』管路曰：『君但且還家，備覓麋鹿脯一合，清酒一㪷，明日午時尅到君家，方始救之，未知得否？』其父遂即還，備覓酒脯而待之。管路明日於期即至，語顏子曰：『卿昨日刈麥地南頭大桑樹下，有二人樗蒲博戲。今將酒脯往其處酌，合裏置脯，往其處酌，他自取之。若借問於卿，嗔怒，拜之勿言，吾在此專待卿消息。』顔子行管路之言，即將酒脯往。到大桑樹下，乃見二人博戲，前後欲休侍從非常。顔子遂酌酒與之，其人得酒即飲，貪博戲不看。飲酒欲盡，博戲欲休，北邊坐人舉頭見顔子，忽然大怒曰：『小兒，我遣你早去，因何違他期日，如午時不去，何由能仍酌我酒來！』顔子再拜，不敢更言。南邊坐人語北邊坐人曰：『凡吃人一食，慚人一色，吃人兩食，與人著力。朝來飲他酒脯，豈可能活取此人！』北邊坐人曰：『文案已定，何由可改。』南邊坐人曰：『暫借文書看之。』遂把筆顛倒句著，語顔子曰：『你合壽年十九即死，今放你九十合終也。』著脱字傍邊注，因斯而起。回到家，見管路，始語顔子曰：『北邊坐人是北斗，南邊坐人是南斗。凡人受胎皆從南斗過，見一人生，無量歡喜。北斗注煞，見一人死，皆大歡喜，此之是也。』

【异文】

昔白公時有一先生，姓管，名輅，字公明，名善術。六月，因行平原上，見一少年在道旁刈麥。公明問之：『兒何姓字？』少年答曰：『姓趙名顔子。』公明曰：

『莫怪問，可憐汝後生亡。』〔二〕嗟歎……管輅曰：『……卿……，直見無所失，……好少年，明日日中時卒死，是故嗟歎。』顏子：『阿父管聖也？焉得知死？』管輅曰：『我是矣。』而顏子叩頭，隨之乞命。管輅曰：『命在於天，非我活得，卿且去告卿父母知之，莫忩忩耳。』顏子於是歸家，急告父母。父得此言，乘馬走趁，心忙奔逐，經十里，趁及管輅，遂拜之曰：『小兒明日日中卒死，管聖如何憂憐，可救以否？』輅曰：『君但還家去，即備清酒二榼，鹿脯一斤，明日小食時尅到君家，方便請之。未知得否？』其父遂還家，備覓酒脯而待。輅明日依食即來，語顏子曰：『卿昨日刈麥處南頭大桑樹下，有三人樗蒲博戲，卿今將酒脯前頭，自取食之。若即問卿時，但向拜之，慎勿言，其中有一人救卿。吾心在卿耳。』顏子用管輅之言，即將酒脯往桑樹下，有三人樗蒲博戲，前後甚有騎從。顏子遂酌酒與之，其人把酒即飲。博戲向畢，北邊坐人舉頭見顏子，忽然大怒，曰：『小人，我語你早去，因何許時與我酌酒來？』顏子懼不敢出言。南坐人語北坐人曰：『凡吃他一食，慚他一色。朝來領來領酒食，

〔二〕自『嗟歎』至『好少年』，字迹殘缺難辨處用省略號表示。

豈不敢救取一人命？』北坐人曰：『文書已定，其可得乎？』南坐人曰：『借文案來看之。』『此年始十九，易可改之。』遂取筆乙復邊，語顔子放作九十年活。自爾以來，世間有行文書顛倒者，即乙復邊，因此而起。回筵至家，管輅語顔子曰：『北坐人是北斗，南坐人是南斗。南斗好生，北斗處死，見煞人即喜。』凡人咒咀被頭，頭向北斗者重罪，即煞，終不容恕。計注文書延年，豈非管輅之力？事出《异物志》。

齊景公夢病鬼

昔齊景公夜夢，見病鬼作二蟲，得病，着人遂向外國請醫人秦瑗至齊國境内。景公夜夢見病鬼作二枚蟲從景公鼻出，化作二童子，并着青衣，於景公床前而立，語景公曰：『秦瑗者，大好良醫，今來入齊境内，必煞我二人，共作逃避之計。』有一童子不肯：『我等天遣我取來，如何走去？你居膏肓之上，我居膏肓之下，針灸所不能及，醫藥所不能至，此是禁穴，縱秦瑗至，豈能挪我何。』其二人童子還化作二蟲，從景公口入腸中。夢覺，即知死矣。不經旬日，秦瑗到來，遂與景公體脉。良久，語景公曰：『病不可治也。』『何爲？』『緣病鬼在膏肓之上、膏肓之下，此之禁穴，針灸所不能及，醫藥所不能至，必死矣，無知奈何。』景公曰：『一如朕夢。』遂不治之。後加重贈，以禮發遣。秦瑗去後，經三日便死。事出史記。

【异文】

昔秦緩者，晋景公得病，遣使秦國覓醫人。秦王即遣秦緩與使相隨，至晋境。公夜夢見口中吐出兩蟲，變作青衣童子，於景公床前，遞相言話：『秦緩是良醫人，今晋境到，必煞我輩。若爲回避？』一童子不肯去：『天遣我等取景公，不得，何去？你居膏肓之上，我居膏肓之下，針灸不及，湯藥不至，縱使秦緩得能，我等不畏也。』還變作二蟲，入景公口裏。景公即知死矣。至一向，秦緩始至，與景公候脉。良久，語景公曰：『病不可治也。其病有二蟲，一在陛下膏肓之上，一在陛下膏肓之下，針灸不及，湯藥不治，陛下所疾，無能治也。』『奈何寡人夢矣！知死。』加賜物，以禮送之。秦緩去後，景帝死矣。出史記。

劉安善卜吉凶

昔有劉安者，河間人也。年少時得病死，經七日而乃復甦。帝命然得歸，遂能善卜。與人占之，上猶知未來之事，萬不失一。河間有一家，姓趙名廣，櫪上有一白馬，忽然變作人面，其家大驚怕，往問先生劉安。安曰：『此怪大惡，君須急還家，去舍三里，披頭大哭。』其家人大小聞哭聲，并悉驚怖，一時走出往看。合家出後，四合瓦舍，忽然崩落，其不出者，合家總死。廣於後更問先生吉凶，安曰：『公堂舍西頭壁下深三尺，有三個石龍，今日灾禍已過，慎還發看。其時廣即大貧，如不看，後大富貴，此是神龍。』廣不用劉安之言，遂發看之，有一赤物大如屋椽，衝突出去上天。其後廣家大貧困，終日常行乞食而活生命。事出《地理志》。

【异文】

昔劉安者，河間人也。此時病死，經七日乃蘇，而言：『吾見天帝，命既師。』得使鬼兵，又能善卜，常與人卜，已知須知未來之事，萬不失一。河間一家姓趙，名知廣，櫪上馬忽然變作色人面，其家人驚怪。問劉安，曰：『此大惡也！君還家，去處三里，被髮大哭。』其家人聞聲，大小驚怖，一時走出。出後，堂屋忽即崩倒。若不如此，合家并死矣。廣問劉安曰：『是何灾异也？』安曰：『無他，堂屋西壁下深三尺，有二個石塠，合是灾异。今也過，慎莫發看，發看必令人貧矣。若不發看，後克富貴，此是神龍也。』而廣不用此語，遂即發看，有一赤龍，大如屋椽許大，突出，直上天。終後廣家大貧困，終日乞而活。

辛道度遇冥婚

昔有辛道度者，隴西人也。在外游學，來至雍州城西五里，望見四合瓦舍，赤壁白柱，有青衣女子在門外而行。道度糧食乏盡，饑渴不濟，遂至門前乞食。語女子曰：『我是隴西辛道度，游學在他方，糧食乏盡，希望娘子爲道度向主人傳語，乞覓一餐。』女子遂入告女郎，且説度語，報知女郎。女郎曰：『此人既遠方學問，必是賢才，語客入來，我須見之。』女子還出迎來，然道度趨蹡而入，已至閤門外，覺非生人，辭欲却出，遂不敢還，即却入見秦女。女郎相拜訖，度遂令西床上坐，女郎東床上坐，遂即供給食飲。女郎即咨度曰：『我是文王女，小遭不幸，無夫獨居，經今廿三年，在此棺壙之中，今乃與君相逢，希爲夫婦，情意如何？』度遂乃數有辭相問，即爲夫婦之禮。宿經三日，女郎語度曰：『君是生人，我是死鬼，共君生死路殊，宜早歸去，不得久住。』度曰：『再宿一夜而綢繆，今日以何分別，將何憑爲信記？』女郎遂於後床上取九子箎中開取繡枕，價直千金，與君爲信。其箎中更有一金枕，女郎曰：『金枕是我母遺贈之物，不忍與君。』度再三從乞金枕，女郎遂不能違，即與金枕爲信，即遣青衣女子二人，送度出門外。忽然不見瓦舍，有一大墳巍巍，松柏參天。度慌怕，衝林走出墓外。看之懷中，金枕仍在。遂將詣市賣之。其時正見秦文王夫人乘車入市觀看，遂見金枕，識之，問度曰：『何處得之？』度與實言答之。夫人遂即悲泣哽咽不能勝。發使遂告秦王。王曰：『不信。』遂遣兵士開墓發棺看之。送葬之物，事事總在，唯少金枕。解縛看之，遂有夫婦行禮之處。秦王夫婦然始歡喜，歎曰：『我女有聖德通於神明，乃能與生人通婚，真是我女夫。』遂封度爲駙馬都尉，勞賜其玉帛車馬侍從，令還本鄉。因此已來，後人學之，國王女夫名爲駙馬，萬代流傳不絶。事出史記。

【异文】

昔辛道度者，隴西人也。游學他鄉，至雍州城西五里，向看乃見一家，赤壁白柱，有一青衣女子在門游行。然糧食乏絶，遂至詣門庭下請求乞。語女子曰：『我是隴西人也。』且言姓名，請爲通大人知之。女子入家通訖，具説委由，秦女郎聞之，即遣唤入。道度趨翔而入，隨到閤門，乃覺非生人，不敢却出，遂慜即入。唯見秦女堅給飲訖，語度曰：『我是秦文王女，少遭不幸，無夫而亡，已經今廿年，在於壙野。乃與君相遇逢，爲夫妻。』經由信宿，秦女曰：『君爲生人，我爲死鬼，共君生死道别。君出之，不得久住。』度曰：『雖經信宿，綢繆未盡，今日離别，望請一物爲信。』女郎床頭取九子奩中繡枕，價直千金，與度爲信記。其奩中復有金枕，度是生人，貪心金枕，乃不肯取繡枕，欲得將金枕。女郎曰：『此何奩之物，不得與君。』然度云云索，女郎不能違君所言，遂即與之。度得金枕信物，還遣青衣女子送出門外。忽然不見宅舍，唯見一冢巍巍，於松柏參天。度當忙怕，衡菽奔走出外，看懷中金枕宛在，遂詣秦市賣之。逢秦妃車在觀看，乃見此金枕，識之，問度曰：『何處得之？』度已伏報言。秦妃悲泣哽咽，不能自勝。而妃不遣人墓，如故不异。乃告文王，不復遣人檢墓，亦言不异。遂即赴兵開冢，發棺看之，元葬之物，各事悉在，唯少金枕一枚。解纏看之，乃見有夫婦交情之處。秦王夫婦歎曰：『我女大聖，乃能共生人通婚，此直是我女夫郎。』封度爲駙馬都尉，賜其粟帛車馬騎從，令遣本鄉。因此已來，後人學之，名女夫爲駙馬郎，國王女夫是爲駙馬，至今不絶。

侯霍葬鬼得妻

昔有侯霍，在田營作，聞有哭聲，不見其形，經餘六十日。秋間因行田，露濕難入，乃從畔上褰衣而入至地中，遂近畔邊，有一死人髑髏在地入土，當眼眶裏一枝禾生，早以欲秀。霍憫之，拔却，其髑髏與土擁之，遂成小墳。從此已後，哭聲遂即絶矣。後至八月，侯霍在田刈禾，至暮還家，覺有一人，從霍後行。霍急行，人亦急行；霍遲行，人亦遲行。霍怪之，問曰：『君是何人，從我而行？』答曰：『我是死鬼也。』霍曰：『我是生人，你是死鬼，共你异路別鄉，因何從我而行？』鬼曰：『我蒙君鋤禾之時，恩之厚重，無物相報。知君未娶妻室，所以我明年十一月一日，尅定爲君娶妻，君宜以生人禮待之。』霍得此語，即忍而不言。遂至十一月一日，聚集親情眷屬，搥牛釀酒，衹道娶妻，本不知迎處。父母兄弟親情怪之，借問，亦不言委由，常在村南候望不住，欲至晡時，從西方黄塵風雲及卒雨來，直至霍門前，雲霧闇黑，不相睹見。霍遂入房中，有一女子，年可十八九矣，并床褥氈被，隨身資妝，不可稱說。見霍入來，女郎語霍曰：『你是何人，入我房中？』霍語女郎曰：『娘子是何人，入我房中？』女郎復語霍曰：『我是遼西太守梁合龍女，今嫁與遼東太守毛伯達兒爲婦。今日迎車在門前，因大風，蹔出門看之，其房此是君房？』霍曰：『遼西去此五千餘里，女郎因何共我争房？如其不信，請出門看之。』女郎出門看之，全非己之舍宅。遂於床後取九子篦開看，遂有一玉版，上有金字分明，云：『天付應合與侯霍爲妻。』因爾已來，後人學之，作迎親版通婚書出，因此而起。死鬼尚自報恩，何况生人。事出史記。

【异文】

昔侯雙者，白馬縣人也。在田營作，有一人哭聲，覓得其形。如此六十餘日。秋間因行田，濕衣難入，從畔上褰衣而入。至地半腰，近畔見一死人髑髏，半在地上，半在地中，尚眼眶有叢禾生，已早欲秀。雙遂即拔却，以土擁之，得一小塠。自爾已後，哭聲絶矣。至九月，雙在田刈禾，至暮還家，忽有一人，從雙而行。雙行疾亦行疾，緩亦緩。怪而問曰：『卿是何人，從我而行？』此人答曰：『我是鬼。』雙曰：『你是鬼，我是生人，非是伴也。生死道殊，因何從我而行？』鬼曰：『我蒙君除病恩，有其惠，無物相報。聞君未娶妻室，我明年十一月，爲君娶妻，宜備生人之禮。』雙得此言，即壓不言。至其日，聚親眷屬，損牛觸酒，云欲娶妻，元不知迎。其父母兄弟怪而問之，亦不道委由。至日，衹在村東候看。晡時，從西方有黄塵風雨而來，住至雙門前，雲霧暗黑，并不相見。雙入房中，忽有一女子，年可十八九，并床幃斗帳、氈褥卧席，不可稱。見雙入房中來，語雙曰：『君是何人，來入我家？』雙曰：『女郎復是何人，乃在房中？』女郎報云：『我是遼西太守梁勾龍之女，嫁與遼東太守毛伯達爲妻。朝日迎車在門前，因有大風，我漸出來看風，即還家入房中。此是我室，因何共我爭室？』雙曰：『遼東去此五千餘里，女郎因何共我爭室？如不信，請出外看之。』女郎驚，起看，已無女郎之舍宅，遂取九子奩，中有一玉版，分明而符：『應與侯雙爲妻。』因爾已後，人學之，作函版通婚。鬼猶報恩，何况生人施亡報也。

侯光枉死報恩

昔有侯光、侯周兄弟二人，親是同堂，相隨多將財物遠方興易。侯光貨易多利，侯周遂乃損折，即生惡心，在於郭歡地邊煞兄，拋著叢林之中，遂先還家。光父母借問周：『汝早到來，兄在何處？』周答曰：『兄更廿年，方可到來。』郭歡在田營作，此地頭林中烏鵲遼亂而鳴。郭歡怪之，往看，乃見一死人，心生哀憫，遂即歸家，將鍬钁則爲埋藏。營作休罷，中間每日家人送食飯來祭之。經九十餘日，粟麥收了，欲擬歸家，遂辭死人，呪願曰：『我乃埋你死屍靈在此，每日祭祀，經三個月，不知汝姓何字誰，從今已後不祭汝，汝自努力。』即相分別。後年四月，歡在田鋤禾，乃有一人，忽然在前頭而立，問曰：

『君是何人，乃在我前而立？』此人答曰：『我是鬼。』歡曰：『我是生人，你是死鬼，共你异路别鄉，何由來也？』鬼曰：『蒙君前時恩情厚重，無物報恩。今日我家大有飲食，故迎君來，兼有報上之物，終不相違。』歡疑，遂共相隨而去。神鬼覆蔭，生人不見，須臾之間，引入靈床上坐。其祭盤上具有飲食，侯光共歡即吃直淨盡，諸親驚怪，皆道神异。須臾之間，弟侯周入來，向兄家檢校。兄忽然見弟，語歡曰：『煞我者，此人也。生時被煞，死亦怕他。』便即畏懼走出。郭歡無神靈覆蔭，遂即見身，從靈床上起來，具説委由向侯光父母兄弟，遂即侯周送縣，一問即口承如依法。侯光父母賜歡錢物車馬侍從，相隨取兒神歸來葬之。故曰：『侯光作鬼，尚自報恩，何况生人。』事出史記。

王景伯合鬼女

昔有王景伯者，會稽人也。乘船向遼水興易。時會稽太守劉惠明當官考滿，遂將死女屍靈歸來共景伯一處。止宿憂思，月明夜静，取琴撫弄，發聲哀切。時太守死女聞琴聲哀怨，起屍聽之，來於景伯船外，發弄釵釧，聞其笑聲。景伯停琴曰：『似有人聲，何不入船而來？』鬼女曰：『聞琴聲哀切，故來聽之，不敢輒入。』景伯曰：『但入有何所疑。』向前便入，并將二婢，形容端正，或亂似生人，便即賜坐。温凉以訖，景伯問曰：『女郎因何觸夜來至此間？』女曰：『聞君獨弄哀琴，故來看之。』女亦小解撫弄。即遣二婢取其氈被，并將酒肉飲食來，共景伯宴會。既訖，景伯還琴撫弄，出聲數曲，即授與鬼女。鬼女得琴，即歎哀聲甚妙。二更向盡，亦可綢繆。鬼女歌訖，還琴。景伯遂與彈，作詩曰：『今夜歎孤愁，哀怨復難休。嗟娘有聖德，觸夜共綢繆。』女郎云：『實若愁妾恩，當別報道得。』停琴煞燭，遣婢出船，二人盡飲，不异生人。向至四更，其女遂起梳頭，悲傷泣淚，更亦不言。景伯問曰：『女郎是誰家之女，姓何字誰，何時更來相見？』女曰：『妾今泉壤，不睹已來，經今七載，聞君獨弄哀琴，故來解釋。如今一去，後會難期。』執手分別，忽然不見。景伯雙淚銜目，慷慨長辭，思憶花容，悲情哽咽。良久歎訖，即入船中而坐。漸欲天明，惠女屍邊遂失衣裳雜物，尋覓搜求，遂向景伯船上得，即欲論官。景伯曰：『昨夜孤愁夜静，月下撫弄，忽有一女郎并將二婢，來入我船，鼓琴戲樂。四更辭去，即與我行帳一具、縷繩一雙、錦被一張，與我爲信。我與他牙梳一枚、白骨籠子一具、金釧一雙、銀指環一雙。願女屍邊檢看，如無此物，一任論官。』惠明聞夫婦之禮，於後吉凶遞互相追。聞者皆稱异哉。

趙子元雇鬼女

昔秦時韓淩太守趙子元出游城外，見一女子姿容甚美，年可十五六矣。太守借問：『是何處女子，獨游無伴？』不知是鬼，乃問之曰：『女叵能善作也？』太守即將彩帛遣作衣裳，金錢五百文。自後每年太守家衣，太守恒多與價直，賜金鋌一枚、金釵兩雙、絹兩匹。再拜辭謝別之。太守遣送出門外，辭別而去。女父母迎喪靈還家墳葬，在冢中發出棺木裹得金釵無數并金鋌、絹兩匹。其父母驚愕怪之，推尋此理，方知女庸力。女死有此變异，計非通化不可得知矣。

【异文】

昔趙子元，晋愍帝時零陵太守，夜私出門，見女子一人，年十五，亦姿容甚美。

遥問其女子：『何處人，夜行無伴？』女子答曰：『女是客人，寄在城外，是以無伴。』太守不知是鬼，乃問曰：『能作衣以否？我家雇作衣。』女子：『善能作衣也。』即將女子至家造衣，與錢一百文。三年之中，每來太守家内，爲太守憐憫，恒多與價。臨欲去時，復重到太守家，招念，復賜金鑷子一雙、絹兩匹。女郎拜辭太守曰：『女明日日中即還鄉里，不得來也。』太守遣人送出門外，辭别而去。明日城南一百五十步，乃有一冢，女屍在下。其女父母路，還家墳埋死女，此冢中發於棺，中得錢無數，并金鑷子及絹兩匹。其父母驚怖。人推尋逗遛，方知太守與之。是知客女在此時异，計其鬼神通變，改易不可知。事出《晋傳》。

段子京鬼友薦

昔劉泉時，梁元皓、段子京并是平陽人也。小少相愛，對門而居，出入同游，甚相敬重，契爲朋友，誓不相遺。後至長大，皆有英藝之風，俱事劉泉。元皓爲尚書左丞相，子京爲黄門侍郎。雖即官職有异，二人相愛，曉夜不相離别，天子已下，咸悉知之。於後劉泉拜元皓爲京州刺史，子京爲秦州刺史，二人始相分別，爲任官。經三年，元皓在京州卒患，失音而死。然元皓未送報之間，憶子京，欲囑後事，今爲失音，無處申說。停經一旬，神靈見身，不許殯葬，須待子京。妻子驚怕，莫知爲計。元皓神靈，遂往秦州通夢與子京，語曰：『因患命終，與弟面別，今得見弟。遺語妻子，不解吾語，方欲葬我。我未共弟別，停留在家，弟宜速去埋我。』子京睡中，忽然夢覺，而坐歎曰：『元皓兄何意死也，平生神靈與我殊別，計此夢中之言，必不虛也。』子京忽起，動表奏馳，驛馬奔走，往到京州，具如夢中不虛也。失聲大哭，死復再甦，欲至晡時，煩怨嗟歎。忽出門看，遂見元皓來至子京前，還似平生無异。元皓曰：『弟埋我，死將甘別，我卧處床西頭函子中，有子書七卷、彈琴玉爪一枚、紫檀如意杖一所，與弟爲信，願弟領取。若相憶，取如習之。』子京曰：『弟來倉忙，沿身更無餘物，遂乃解靴紹一雙，奉上兄爲信。』二人殷勤，遂相分別。子京還入，向元皓妻子具論斯事。元皓遂將子京奉上之紹作同心結，而繫自身兩脚，家人皆見云异哉。於是送葬已訖，子京乃還秦州。後經一年，云地下太山主簿崩，閻羅王六十日選擇不得好人。皓憶子京，遂於王前稱秦州刺史段子京神志精勤，甚有實行，堪任爲主簿，王可召而授之。王曰：『其人壽命長短？』即令鬼使檢子京籍帳，壽命合得九十七，今三十二。王曰：『雖是好人，年命未合死，不可中夭追來驅使。』皓重啓王曰：『以子京小來親友，情同魚水，若非實是好人，何敢詮舉？皓往自喚取去，請與侍從，子京必當歡喜而來。』於是王即給皓行徒并手力精騎，往秦州喚子京，遂變作生人，威儀隊仗，乘馬而行。衆人見者，皆避道而過。欲至秦州，先遣人通報。子京忽然驚愕，元皓已終，因何得向此來？遂出走迎。引入廳共坐。良久，供食酒脯訖，州縣諸子及子京家口兒子，并言好客，都來不知元皓是鬼。酒食訖，二人相將入房而坐。元皓方云：『王遣我喚弟來，擬與太山主簿，今弟須去。』子京心情不樂，忽然瀝淚而言曰：『大丈夫秦州刺史，坊州牧伯，却爲太山主簿，官位不可卑小。』元皓曰：『不然，生官賤，死官位不得相望。』元皓恐子京不肯去，遂起拔刀，即欲煞之，以見威力而逼。子京自知不免，即從乞假一年。元皓曰：『閻羅大王今見停選待弟，弟須去，更不得延遲。』子京曰：『若如兄言，豈敢違命。』皓曰：『弟既云從命，且放弟再宿三月，日中尅取弟來，嚴備裝束待我。』於是二人相送而别。别後，子京即喚親眷辭别，即令遣造棺木、衣衾、被褥，所是葬送之具，事事嚴備。内外諸親及州縣官寮，悉皆怪之。即問曰：

『使君家内，安然無事，造作兇具，擬將何用？』子京曰：『我共梁元皓爲朋友，其人先死，今已奏閻羅王遣唤我來，共他爲期，不可失時。』子京則香湯沐浴，裝束已了，出門遥望，正見梁元皓鞍馬隊仗到來。即語妻子眷屬曰：『我今死矣，使者見到門來，我不得久住，汝等共我辭别，取衣衾覆我面上。』遂即命終。子京死後一年，方來歸舍檢校，住三個月，還却去。見者并言异哉，方知子京爲太山主簿非虚也。故語云：『梁元皓命終夭段子京，吉凶之利，事有萬途。王子真得鬼力，段子京得鬼殃。』故曰：『爲力不同科。』此之是也〔二〕。

段孝真表冤報

昔有段孝真者，京兆人也。漢景帝時，舉孝真爲長安縣令。孝真志性清勤，歌揚聲於遐外。孝真以所乘之馬甚快，日行五百餘里。雍州刺史梁元緯以帝連婚，倚恃形

〔二〕　斯六〇二二號稱此故事『事出《妖言傳》』。

勢，見真馬好，遂索真馬。真曰：『此馬已老不堪，又是父所乘之馬，不忍捨離，不敢輒奉使君。』賜廳而坐。緯恨嫌，即私遣人言道真取物，付獄禁身，不聽家人往看。汝真知枉死，密使人私報其子：『刺史今爲此馬，欲煞我，恨汝等幼小，未能官府。汝等但買紙三百張，筆五管，墨十挺，埋我之時著於我前頭，我自申論。』刺史於獄中自令棒煞。經一月餘日，漢景帝大會群臣，政朝之次，真即將表而詣殿前，將使君梁元緯事條。真即變作生人見身，道：『緯貪濁被枉煞臣，臣今録梁元緯罪狀條目如右，伏願陛下爲臣究問。』景帝收表訖，忽然不見孝真，景帝驚怪曰：『宇宙之内，未見此事。』遂捉梁元緯依狀究問，其事是實。帝知枉煞孝真，即將梁元緯等罪人於真墓前斬之訖。遂拜真男爲長安縣令。莫言鬼無神异，段孝真神通感也。出《博物傳》。

王道馮妻復生

昔有秦始皇時王道馮者，九嵕縣人也。小少之時，共同村人唐叔諧女文榆花色相知，共爲夫妻。其馮乃被征討，没落南蕃，九年不歸。然文榆父母，見馮不還，欲娉與劉元祥爲妻。其女先與王道馮志重，不肯改嫁。父母憶逼，遂適與劉元祥爲妻。已經三年，女即恚死。死後三年，王道馮遂却還家，借問此女在否。村人曰：『其女適與劉元祥爲妻，已早死來三年。』馮遂訪知墳墓，前三喚女名，悲哭哽噎，良久乃甦。繞墳三匝，遂啓言曰：『本存終始，生死契不相違，吾爲公事牽纏，遂使許時離隔。望同昔日，暫往相看。若有神靈，使吾睹見，若也無神，從此永别。』其女郎遂即見身，一如生存之時。問訊起居：『本情契要至重，以緣父母憶逼，爲君永世不來，遂適與劉氏爲妻，已經三年。不那相憶情深，恚怨而死。今即來還，遂爲夫婦。速掘墓破棺，我必活矣。』馮曰：『審如此語，實是精靈，通感天地，希有一人。信者，立身之本。』馮遂即發冢破棺。女郎即起結束，隨馮還家。其後夫劉元祥驚怪，深悵异哉。經州下辭，言王道馮，州縣無文可斷，遂奏秦始皇。始皇判與王道馮爲妻。得一百十年而命終也。

劉寄托夢伸寃

昔有劉寄者，馮翊人也。將牛一頭，向瀛州市賣[一]，得絹二十三疋。回還向家，至城一百九十里，投主人王僧家止宿[二]。王僧兄弟三人，遂煞劉寄，抛屍靈在東園裏埋之。然寄精靈通感，即夜向家囑夢與兄云：『瀛州賣牛，得絹二十三疋，回還去州，行至城南一百九十里，投主人王僧家止宿。爲兄弟三人煞我，死屍在舍東園裏内埋之，其絹在舍南頭屋裏櫃子中藏之。』然兄夢覺驚恐：『今有斯事，煩怨思慕，其弟今被賊所煞，夜來夢囑之言，必應實也。』遂即訪問王僧家，於舍東園裏捉獲弟屍靈，屋裏南頭櫃中得本絹二十三疋，一如神夢之言。即捉王僧送州推勘，事事依實。都是思尋鬼語，大有所憑，如此通於神明，坐作立報。事出《南華妖皇記》。

〔一〕瀛州，斯六〇二二號作『營州』。
〔二〕王僧，斯六〇二二號或作『王僧世』。

【异文】

昔劉寧者，馮翔人也，將牛瀛州賣，得絹廿三匹。却回還家，到城南一百七十里，投寄主人王僧勢家宿，主人兄弟三人煞寧，屍骸埋著東園枯井中。煞寧甚有神靈，其夜即向家囑夢生兄弟：『昨向瀛州賣牛，得絹廿三匹，却回城南一百七十里，投寄主人王僧勢家宿，爲主人所煞，埋我在舍東園裏枯井中，取絹東行，南頭屋裏匱中在。』寧兄弟忽覺，驚愕曰：『有此事也？』非甚積思暮其，遂即便追覓果囑之言，遂訪得王僧勢家，舍東枯井中看之，果定，即捉王僧勢，將付獄身裂。都鬼事之無所失，莫量妙之鬼，通報至。出《南妖皇記》。

杜伯鬼魂冤報

昔有周宣王，信讒言，枉煞忠臣杜伯。杜伯臨死之時，仰面向天曰：『王曲取讒佞之言，枉煞臣。不逕三年，願一如臣。』王知之大怒曰：『我是萬乘之主，縱枉煞三五人，有何罪過。』遂煞之。後更至三年，宣王遂出城田獵，行至城南，見杜伯前後侍從鬼兵隊仗，乘赤馬，朱籠冠，赫奕，手執弓箭，當路向宣王射之，走退無路，百寮已下，咸而見之。正射着王心，便即還宮。不經三日，宣王死矣。古詩云：『凡人不可枉煞，立當得報。』事出太史。

【异文】

昔周宣王，信讒言，杜伯無罪於王，信讒枉煞。『臣之今死矣，無罪知復何言！如其當告天下，經三年，必煞王。王莫不知。』宣王怒曰：『萬乘之王枉煞三人五人，有何罪過？』遂煞之。比及三年，宣王出獵，行至城南門外，杜伯前後甚有騎從，將鬼兵，乘馬，著朱冠衣，當路彎弓向宣王，王即走退無方。百僚已下，咸皆見之。宣王心痛，還宮。不經三日，宣王崩矣。古詩曰：『凡人不可濫者，鬼上讎也。』

劉玄石千日酒

昔有劉義狄者，中山人也。甚能善造千日之酒，飲者醉亦千日。時青州劉玄石善能飲酒，故來就狄飲千日之酒。狄語玄石曰：『酒沸未定，不堪君吃。』玄石再三求乞取嘗，狄自取一盞與嘗。飲盡，玄石更索，狄知尅醉，語玄石曰：『今君已醉，待醒更來，當共君同飲。』玄石嗔而遂去。玄石至家，乃即醉死。家人不知來由，遂即埋之。至三年，狄往訪之玄石家，借問玄石。家人驚怪：『玄石死來，今見三載，服滿以除脱訖，於今始覓。』狄具言曰：『本共君飲酒之時，計應始醒，但往發冢破棺看之，的不死爾！』家人即依狄語，開冢看之，玄石面上白汗流出，開眼而卧，遂起而言曰：『你等是甚人向我前頭？飲酒醉卧，今始得醒。』冢上人看來，得醉氣，猶三日不醒。是人見者，皆云异哉。

李純義犬救主

昔有吴王孫權時，有李純者，襄陽紀南人也。有一犬字烏龍，純甚憐愛，行坐之處，每將隨。後純婦家飲酒醉，乃在路前野田草中倒卧，其時襄陽太守劉遐出獵，見此地中草木至深，不知李純在草醉卧，遂遣人放火燒之。然純犬見火來逼，與口曳純，牽挽不能得勝。遂於卧處直北相去六十餘步，有一水澗，其犬乃入水中，宛轉欲濕其體，來向純卧處四邊草上，周遍卧，令草濕。火至濕草邊，遂即滅矣。純得免難，犬燃知死。太守及鄉人等與造棺木，墳墓高千餘尺，以禮葬之。今紀南有『義犬冢』，即此是也。見聞之者皆云：『异哉！狗犬猶能報主之恩，何况人乎？』

李信入冥换頭

昔有李信者，陳留信義人也。爲人慈孝，善事父母。年三十八，夜中夢見伺命鬼來取，將信向閻羅王前過，即判付司依法處分。信即經王訴云：『信與老母偏苦，小失父蔭，今既命盡，豈敢有違。但信母年老孤獨，信今來後，更無人看侍，伏願大王慈恩乞命。』於後問信母年命，合得幾許。鬼使曰：『檢信母籍年壽命，合得九十，更餘二十七年未盡。』王曰：『少在二十七年，亦矜放之。』鬼使更奏曰：『如信之徒，天下何限，今若放之，恐獲例者衆。』王聞此語，還判從死。鬼衆嗔信越訴，遂截頭手，抛著鑊中煮之。於時大王使人喚來，却欲放信還家，侍養老母。鬼使曰：『你頭手已入鑊中煮損，無由可得。且借你别頭手，著過王了，却來至此，與你好頭手將歸，慎勿私去。今緣事逼，且與你胡頭。』王且放歸家侍養老母。信聞放歸，心生歡喜，便即來還，忘却於鬼使邊取好頭手。然夢覺，其頭手并是胡人，信即煩惱，語其妻曰：『卿識我語聲以否？』妻曰：『語聲一衆，有何异也？』信曰：『我昨夜夢見异事，卿若至曉起時，將被覆我頭面。若欲送食至床前，閉門而去，自取食之。』其妻即依夫語，捉被覆之而去。及送食來，語其夫曰：『有何异事？』忽即發被看之，乃有一胡人床上而卧。其婦驚懼，走告姑曰：『阿家兒昨夜有何變怪，今有一婆羅門胡，在新婦床上而卧。』姑聞此語，即將棒杖亂熟打信頭面，不聽分疏。鄰里聞聲者走來，問其事由，信方始得説委曲。始知是兒，遂抱悲哭。漢帝聞之，怪而問曰：『自古至今，未聞此事。雖則假托胡頭，孝道之至，通於神明。』即拜信爲孝義大夫。神夢之感，乃至如此，异哉！

王子珍得鬼力

昔王子珍者，太原人也。父母憐愛，歎曰：『我兒一身未得好學。』遂向定州邊先生處學問，先生是陳留信義人也。其先生廣涉稽古，問對無窮，自孔子歿後，唯有邊先生一人，領徒三千，莫如歸伏，天下之人，無有勝者，是以四海之內，皆就邊先生學問。子珍行至定州境内三十里，在路側槐樹下止息。有一鬼變作生人，復於此樹下止息。子珍言爲生人，不知是鬼。珍曰：『君從何處來？』鬼復問子珍曰：『年少從何處來？』珍答曰：『父母以珍學問淺薄，故遣我向定州邊先生處入學，更無餘事。』鬼復問珍曰：『年少姓何字誰？』珍曰：『姓王，字子珍，太原人也。』鬼曰：『我是渤海人也。姓李，名玄，父母早亡，兄弟義居。與我未學，遣我往於邊先生處入學。於今已後，共卿同學。』珍見其年長，遂起拜玄，共爲兄弟。同行至定州主人家，飲酒契爲朋友，生死貴賤，誓不可相違。李玄在學三年中，才藝過於邊先生。先生問李玄：『非是聖人乎？何故神明甚異於衆。先自多能，今者不如李生也。更有何術，願爾一法。』李玄於是再拜邊先生曰：『弟子宿會有緣，得先生教授，不知何意如此。』

邊先生即用玄爲助教授，教授諸徒，皆威玄。感得學内并皆無有非法。如有者，法即當決罪。乃至私房，教子珍解義，如不得，即決罪。子珍事玄喻如師父，更不自專。珍學問因此得成。後有太子舍人王仲祥，太原人也，先與子珍微親，遂來過學。一夜同宿，乃覺李玄是鬼。明日路上，共珍執手取别，遂語珍曰：『我與弟親故，今見异事，不可不道。弟今朋友，不得好人。』珍曰：『李玄今日若論學問，即是儒士君子。至容貌，世間希有，更嫌何事，云不得好人。』『我之所論，非言惡乎，弟是生人，李玄死鬼，生死有别，若爲朋友。弟若不信，今夜取新草一束。鋪之而卧，弟與别頭而卧。早起看之，弟卧處草實，鬼卧處草虚。』然後檢草鋪之，明日起看，果如仲祥之言，子珍始知是鬼。方便語玄曰：『外有風言，云兄是鬼，未審實否?』玄曰：『我是鬼也。昨王仲祥來，覺我是鬼，故語弟知，何人知我變化。但閻羅王見我年少，用我爲省事。王以我學問不廣，故遣我就邊先生處學問，若三年即達，即與我太山主簿，如其不達，退入平人。蒙邊先生教誨，不逕周年，學問得達。以任太山主簿，已逕二年。直爲弟未還家，情深眷戀，爲此未去。弟今知我是鬼，私情畏懼，我亦不共弟同游，我宜還矣。我前者患背痛之時，直爲言弟父之人，道我阿黨，不與判斷。王不問委曲，直決痛杖一百，是以背痛也。王更近來親自執問判事。弟父今見身，實欲斷入死簿。弟須急去家，父若猶生氣，直將酒脯於交道祭我，三喚我名，即來救之，必得活矣。若氣已絶，無可救濟，知復奈何！知復奈何！弟今學問，應得成也，但好努力，立身慎行。我能與弟延年益壽，咨請上帝，與弟太原郡太守、光州刺史。』子珍遂與分别。去至家内，見父猶有氣存，即將清酒、鹿脯，往至交道祭之，三喚其名，應時而至。乘白馬，朱衣籠冠，前後騎從無數，非常赫奕。别有青衣二人引道，與珍相見，還如同學之時，借問珍父患狀如何。珍答曰：『父今失音不語，少有生氣見存，願兄救命。』即語珍曰：『向者欲將弟見父，父在獄中禁身，形容憔悴，不可看之，弟無勞見之。今有一人著白袴，徒跣，戴紫錦帽子，手把文書一卷，是言弟父之人，即將後衙，向我前來。今與弟取弓箭，在此專待，專待遥見來時，便射煞之，父患差矣。如不煞之，父入死簿，終不得活。』言未絶之間，其人即來。玄即指示子珍：『此人是也，宜好射之。我須向衙頭判事去，不得在此久住，他人怪我。』玄上衙去後，所言之人直來接近珍邊過，珍便即挽弓而射之。乃看著左眼，失落文書，掩眼走出。珍即撚取文書讀看，文書兩紙，并是父名。玄語珍曰：『王聞生人之臭，弟須早去，不得久住在此。怨家之人射著何處？』珍答曰：『射著左眼。』玄曰：『乃不見著要處，眼差還來相言。弟父今且得片時將息，弟到家訪覓怨家煞却，然得免其難。』珍曰：『實不知何人是也。』又語珍曰：『但與弟舊怨者煞之。』當時煩惱與別，更審借問怨家姓名。『弟但到家思惟。』珍即至家，與舊怨者亦無。唯失白公雞，不鳴已經七日，不知何處在。東西求覓，乃在籠中見之，瞎左眼而卧。珍曰：『我怨家者，即此是也。所射左眼著白袴者，是雞公，徒跣者，雞足也。着紫錦帽子者，頭上冠也，此是我怨家。』遂煞作羹，與父食之，因此病差也。子珍爲太原郡太守。漢景帝時，拜子珍光州刺史，壽命得一百三十八年而終矣。天下得鬼力，無過王子珍。故語曰：『白公雞不合畜，畜即言家長；白狗不得養，養即妨主人。』此之謂也。

【异文】

昔王子珍者，太原人也。父母歎曰：『我兒未得好學！』遂遣向定州博士邊孝先生下入學。先生陳留信義人也，廣涉稽古，向對無窮。自孔夫子已後，唯孝一人，領徒三千，莫如歸伏，未有勝者。以四海之内，往就其學問。而子珍日行至定州境内，去州卌餘里，在路側樹下停息。見一鬼化作生人，來於樹下，與子珍同歇息。珍謂言生人，不知是鬼，因而問曰：『君子從何方而來？』鬼曰：『我爲自行。』鬼問曰：『年少今從何處來？』子珍曰：『父母以珍學問淺識，故往定州邊先生下入學。』鬼問：『年少何處人？何姓何名誰家？』珍對曰：『姓王名子珍，太原人也。』鬼自云：『我是浡海人也，姓李名玄，父母早終，兄弟義居。兄以我未得學問，遣我向邊先生以下入學。計今已後，日夜與卿同學耳。』珍見年此，起而拜之，遂與同行。至定州主人家，飲酒契爲朋友，生死遺貴賤，誓不相違。聰明要不相遠，而去三年之中，李玄才藝過於邊先生，因而問之：『李生非聖人乎？何故聰明神朗。不知李生更有術解爾？』李玄於是再拜邊生：『弟子宿會有恩，得事先生，所受之書，自都誦得，實非聖人乎。』邊生遂舉玄爲助教，諸法皆法，畏云威得，學内普畏懼，有非法者决其罪。仍於私房偏教子珍解義，如所不得，即决。珍與事玄還同事師，不敢專擅。珍之學問，因玄而得。後有太子舍人王仲祥，亦是太原人也，先與親從，因過邊生，一夜同學，乃見李玄是鬼。明旦在路，共子珍執手取別，遂語珍曰：『與弟親厚，有异事，不可不道。弟今朋友，不是好人。』珍曰：『欲聞學論，即是上達聖人；至今容貌，世間希見。兄嫌何事，言不得好焉？』祥曰：『我之所論，非言人事容貌。弟是生人，李玄是鬼，生死殊別，焉爲朋？弟若不信，今夜新草鋪中，弟與別頭而卧。』明旦於者，果如仲祥之言，子珍乃知是鬼，方便語玄曰：『有風聲云兄是鬼，未審是鬼否？』玄曰：『我實是鬼。昨夜王仲祥覺，故知語弟，何人知我變化。緣閻羅見我好少年，復爲省事，王以我學問經義未達，故令就邊生學問。三年早達，即與玄太山主簿；如違不達，退爲平人。得邊教誨，不至一周，學問早達，任太山主簿，以歷二年。直以弟未達，情深眷戀，爲此相偶。弟父患大困，生死未分，早欲報弟，恐君情生疑，是故隱至今。我前者患背上痛，爲言弟人，向王論道我阿黨，王不問委由，直決我痛杖一百，以背上痛耳。王官來自問辯判，弟以擬斷入死簿中。弟若居到家，父猶有生氣，宜將清酒、鹿脯打交道願祭我，三喚〔二〕我名，即來救之，必得活矣。若氣已絶，無可救濟，知復奈何，知復奈何！弟今學問，應得成也，但好努力，立身慎行，我能與弟延年益壽，咨請上帝，與弟太原郡太守、光州刺史。』子珍遂與分別。去至家内，見父

〔二〕此處當有脱漏，『我名』至『三喚』，據中村本補。

猶有氣存，即將清酒、鹿脯往至交道祭之，三喚其名。而玄乘白馬，著朱衣冠，前後騎從人無數，非常恒赫，別有青衣童子二人，前頭引道，與你相見，還如同學之時。即問父患委由，珍曰：『弟父今已失音。』又更語玄：『父有生氣見在，願兄救命。』語弟且合眼，將弟見父。珍即合眼，須臾之間，玄將珍至閻羅王府，門前并向北。玄復語珍曰：『將弟見父，又更牢中，形容瘦悴，不可看。弟亦無由見之。有一著白衫袴，徒跣，頭戴紫帛裹頭者，手把文書一卷，是言弟父之人，即時臨向家訴來。我今與弟取弓箭，弟把候遥見。』語由未了，其人即來。玄即視珍曰：『此人是也，宜好射之。我須去衙頭判事，不得在此，他人怪我耳。』玄上衙去後，所言之人，直於珍邊過，珍即挽弓射之，著左眼，失落奏上文書，合眼即走。珍遂收得文書，請此狀兩紙俱下。玄語珍曰：『且日但去，羅王聞生人氣，弟急須去，不得久停。所射著何處？』珍曰：『射著左眼。』玄云：『不著要當處，眼差還來相訟也。雖然不著要當處，父且得將息。弟向家若訪得怨家，即須煞却，免脱其父。珍曰：『怨家何是？』玄曰：『但與舊怨即是。』珍常家，忽爾云取別，更不用審患，即問怨家姓名。珍到家，思玄不可見，恐父命終，思卧七日，食飲不下。家中白雞不鳴，久已過七日，不知所在，東西求覓，及在恓中，左眼膿血。珍曰：『我父死也。所著白衫袴衣，即是雞身；徒跣者，雞足；頭戴紫白巾裹頭者，幘也。雞言父，直是怨家也。』煞作羹，與父食之，即差。子珍，太原郡太守，漢景帝拜爲光州刺史，受年一百而終。天下得鬼力，不過王子珍父。古詩曰：『雞不三，狗不六，白雞狗，不可畜。』『畜』即言家長也。事出《幽名録》。

田崑崙天女妻

昔有田崑崙者，其家甚貧，未娶妻室。當家地内，有一水池，極深清妙。至禾熟之時，崑崙向田行，乃見有三個美女洗浴。其崑崙欲就看之，遥見去百步，即變爲三個白鶴，兩個飛向池邊樹頭而坐，一個在池洗垢中間。遂入穀茓底，匍匐而前，往來看之。其美女者乃是天女，其兩個大者抱得天衣乘空而去，小女遂於池内不敢出池。其天女遂吐實情，向崑崙道：『是天女當共三個姊妹出來，暫於池中游戲，被池主見之，兩個阿姊當時收得天衣而去，小女一身邂逅中間，天衣乃被池主收將，不得露形出池。幸願池主寬恩，還其天衣，用蓋形體，出池共池主爲夫妻。』其崑崙進退思量：『若與此天衣，恐即飛去。』崑崙報天女曰：『娘子若索天衣者，終不可得矣。若非吾脱衫，與且蓋形，得不？』其天女初時不肯出池，口稱至暗而去。其女延引，索天衣不得，形勢不似，始語崑崙：『亦聽君脱衫，將來蓋我著，出池共君爲夫妻。』其崑崙心中喜悦，急卷天衣，即深藏之。遂脱衫與天女。被之出池。語崑崙曰：『君畏去時，你急捉我著，還我天衣，共君相隨。』崑崙生死不肯與天女，即共天女相將歸家見母。母實喜歡，即造設席，聚諸情親眷屬，之言曰呼『新婦』。雖則是天女，在於世情，色欲交合，一種同居。日往月來，遂産一子，形容端正，名是『田章』。

其崑崙點著西行，一去不還。其天女曰：『夫之去後，養子三歲。』遂啓阿婆曰：『新婦身是天女，當來之時，身緣幼小，阿爺與女造天衣，乘空而來。今見天衣，不知大小，暫借看之，死將甘美。』其崑崙當行去之日，殷勤囑告母言：『此是天女之衣，爲深舉，勿令新婦見之，必是乘空而去，不可更見。』其母告崑崙曰：『天衣向何處藏之，時得安隱？』崑崙共母作計，其房自外，更無牢處，唯祇阿娘床脚下作孔，盛著中央，恒在頭上卧之，豈更取得。遂藏棄訖，崑崙遂即西行。去後，天女憶念天衣，肝腸寸斷，胡至竟日無歡喜，語阿婆曰：『暫借天衣著看。』頻被新婦咬嚙，不違其意，即遣新婦且出門外，小時安詳入來。新婦應聲即出。其阿婆乃於床脚下取天衣，遂乃視之。其新婦見此天衣，心懷愴切，淚落如雨，拂摸形容，即欲乘空而去。爲未得方便，却還分付與阿婆藏著。於後不經旬日，復語阿婆曰：『更借天衣暫看。』阿婆語新婦曰：『你若著天衣棄我飛去。』新婦曰：『先是天女，今與阿婆兒爲夫妻，又產一子，豈容離背而去，必無此事。』阿婆恐畏新婦飛去，但令牢守堂門。其天女著衣訖，即騰空從屋窗而出。其老母搥胸懊惱，急走出門看之，乃見騰空而去。姑憶念新婦，聲徹黃天，淚下如雨，不自捨死，痛切心腸，終朝不食。

其天女在閻浮提經五年已上，天上始經兩日。其天女得脱到家，被兩個阿姊皆罵：『老嫗，你共他閻浮衆生爲夫妻，乃此悲啼泣淚其公母。』乃兩個阿姊語小女曰：『你不須乾啼濕哭，我明日共姊妹三人，更去游戲，定見你兒。』其田章年始五歲，乃於家啼哭，唤歌歌娘娘，乃於野田悲哭不休。其時乃有董仲先生來賢行。知是天女之男，又知天女欲來下界。即語小兒曰：『恰日中時，你即向池邊看，有婦人著白練裙，三個來，兩個舉頭看你，一個低頭佯不看你者，即是母也。』田章即用董仲之言，恰日中時，遂見池内相有三個天女，并白練裙衫，於池邊割菜。田章向前看之。其天女等遥見，知是兒來，兩個阿姊語小妹曰：『你兒來也。』即啼哭喚言阿娘。其妹雖然慚耻不看，不那腸中而出，遂即悲啼泣淚。三個姊妹遂將天衣，共乘此小兒上天而去。天公見來，知是外甥，遂即心腸憐憫，乃教習學方術伎藝，能至四五日間，小兒到天上，狀如下界人間，經十五年已上學問。公語小兒曰：『汝將我文書八卷去，汝得一世榮華富貴。儻若入朝，唯須慎語。』小兒旋即下來，天下所有問者，皆得知之，三才具曉。天子知聞，即召爲宰相。於後殿内犯事，遂以配流西荒之地。

於後，官家游獵，在野田之中，射得一鶴，分付厨家烹之。厨家破割其鶴嗉，中乃得一小兒，身長三寸二分，帶甲頭弁，罵辱不休。厨家以事奏上，官家當時即召集諸群臣百寮及左右，問之，并言不識。王又游獵野田之中，復得一板齒，長三寸二分，賫將歸回，搗之不碎。又問諸群臣百官，皆言不識。遂即官家出敕，頒宣天下：『誰能識此二事，賜金千斤，封邑萬户，官職任選。』盡無能識者。時諸群臣百官，遂共商議，唯有田章一人識之，餘者并皆不辯。官家遂發驛馬走使，急追田章到來。問曰：

『比來聞君聰明廣識，其事皆知。今問卿天下有大人不？』田章答曰：『有。』『有者誰也？』『昔有秦胡亥是皇帝之子，當爲昔魯家鬥戰，被損落一板齒，不知所在，有人得者驗之。』官家自知身得，更款問曰：『天下有小人不？』田章答曰：『有』。『有者是誰也？』『昔有李子敖身長三寸二分。帶甲頭弁，在於野田之中，被鳴鶴吞之，猶在鶴嗉中游戲，非有一人獵得者，驗之即知。』官家道：『好！』又問：『天下之中有大聲不？』田章答曰：『有。』『有者何也？』『雷震七百里，霹靂一百七十里，皆是大聲。』『天下有小聲不？』田章答曰：『有。』『有者何也？』『三人并行，一人耳聲鳴，二人不聞，此是小聲。』又問：『天下之中，有大鳥不？』田章答曰：『有。』『有者何也？』『大鵬一翼起西王母，舉翅一萬九千里，然始食，此是也。』又問：『天下有小鳥不？』『有。』『有者何是也？』『小鳥者，無過鷦鷯之鳥，其鳥常在蚊子角上養七子，猶嫌土廣人稀。其蚊子亦不知頭上有鳥，此是小鳥也。』帝王遂拜田章爲僕射。因此以來，帝王及天下人民始知田章是天女之子也。

孫元覺感父孝

史記曰：孫元覺者，陳留人也。年始十五，心愛孝順。其父不孝，元覺祖父年老，病瘦漸弱，其父憎嫌，遂縛筐轝舁棄深山。元覺悲泣諫父。父曰：『阿翁年老，雖有人狀，惛耄如此，老而不死，化成狐魅。』遂即舁父棄之深山。元覺悲啼大哭，隨祖父歸去於深山，苦諫其父，父不從。元覺於是仰天大哭，又將轝歸來。父謂覺曰：『此凶物，更將何用？』覺曰：『此是成熟之物，後若送父，更不別造。』父得此語，甚大驚愕：『汝是吾子，何得棄我？』元覺曰：『父之化子，如水之下流，既承父訓，豈敢違之？』父便得感悟，遂即却將祖父歸來，精勤孝養，倍於常日。孔子歎曰：『孝子不遺其親，此之謂也。』英才論云〔二〕：『鄭弘仁義，與車馬衣物讓弟，不自著衣，名流天下，舉爲郡，位至司徒也。』

〔二〕 竇懷永、張湧泉《敦煌小説集》將『英才論』以下文字單列一則。

郭巨埋兒孝親

昔有郭巨者，字文氣，河内人也。家貧，養母至孝。巨有一子，年始兩歲，巨語妻曰：『今饑貧如此，老母年高，供勤孝養，恐不安存。所有美味，每減與子，令母饑羸，乃由此小兒。兒可再有，母難重見。今共卿煞子，與存母命。』妻從夫言，不敢有違。其妻抱子往向後園樹下，欲致子命。巨身掘地，欲擬埋之，語其妻曰：『子命盡未？』妻不忍即害，必稱已死。巨掘地得一尺，乃得黄金一釜，釜上有銘曰：『天賜孝子之金，郭巨煞子存母命，遂賜黄金一釜。官不得奪，私不得取。』見金驚怪，以呼其妻，妻乃抱子往看。子得平存未死，妻乃喜悦。遂即將送縣，縣牒上州，州送上表，表上臺省，天子下制：『金還郭巨，供養其母，標其門閭，以立孝行，流傳萬代。』後漢人也。

丁蘭木母顯靈

昔有丁蘭者，河內人也。早失二親，遂乃刻木爲母，供養過於所生之母。其妻曰：『木母有何所知之，令我辛勤，日夜侍奉。』見夫不在，以火燒之。蘭即夜中夢見亡母語蘭曰：『新婦燒我面痛。』寢寐心惶，往走來歸家，至木母前，乃見木母倒卧在地，面被火燒之處。蘭即泣淚悲啼，究問不知事由。妻當拒諱，抵死不招。其時妻面上瘡出，狀如火燒，疼痛非常，後乃求哀伏首，始得差也。

董永孝感天女

昔劉向《孝子圖》曰：有董永者，千乘人也。小失其母，獨養老父，家貧困苦，至於農月，與轆車推父於田頭樹蔭下，與人客作，供養不闕。其父亡歿，無物葬送，遂從主人家典身，貸錢十萬文。語主人曰：『後無錢還主人時，求與殁身主人爲奴，一世償力。』葬父已了，欲向主人家去。在路逢一女，願與永爲妻。永曰：『孤窮如此，身復與他人爲奴，恐屈娘子。』女曰：『不嫌君貧，心相願矣，不爲耻也。』永遂共到主人家。主人曰：『本期一人，今二人來，何也？』主人問曰：『女有何伎能？』女曰：『我解織。』主人曰：『與我織絹三百匹，放汝夫妻歸家。』女織經一旬，得絹三百匹。主人驚怪，遂放夫妻歸還。行至本相見之處，女辭永曰：『我是天女，見君行孝，天遣我借君償債，今既償了，不得久住。』語訖，遂飛上天。前漢人也。

鄭袖譖言害妾

昔有楚王夫人鄭袖，年老不共同床席，王遂遣之。有一美妾，憐愛非常，袖心恨怨，不出其口。遂於私處語妾曰：『王看你大好，唯憎你鼻大。』其妾因此已後，見王掩鼻。楚王私處問袖曰：『妾近來見我，掩其鼻，何也？』袖對曰：『此妾云王身體腥臭，是以掩鼻。』其王更不思慮，遂遣人入，割却其鼻，由不慮也。

孔范段金之交

史記曰：孔嵩者，山陽人也。共鄉人范巨卿爲友。二人同行，於路見金一段，各自相讓不取，遂去。前行百步，逢鋤人語曰：『我等二人見金一段，相讓不取，今與君。』其人往看，唯見一死蛇在地，遂即與鋤瑑之兩段。却語嵩曰：『此是蛇也，何言金乎？』二人往看，變爲兩段之金。遂相語曰：『天之與我此金也。』二人各取一段，遂結段金之友也。

楚王斷纓之恩

史記曰：楚莊王夜共後宮美女并諸群臣飲酒，燭滅未至之間，有一臣來逼於女。女即告王：『有一臣無禮逼妾，妾則挽其冠纓而斷。』王遂遣左右，且止其燭，莫交而入。遂令諸臣悉挽纓而斷，始聽燭入，莫知誰過也。王曰：『飲人狂藥，何得責人具禮。』其後數年，晉國兵馬數百萬衆來攻楚。楚人匹馬單槍，不惜身命，直來左右衝突。晉軍兵馬百萬餘衆，并皆退走無路。遂令晉軍大敗，收軍而還。楚王曰：『在陣没身救朕者，誰也？』唤來，帝問曰：『君是何人，能濟寡人之難？』仕曰：『臣是昔日斷纓之人也。當見王赦罪，每思報君恩也。』王曰：『善哉，善哉！不可償也。』

孔子老人問答

昔孔子游行，見一老人在路，吟歌而行，孔子問曰：『臉有饑色，有何樂哉？』老人答曰：『吾衆事已畢，何不樂乎？』孔子曰：『何名衆事畢也？』老人報曰：『黄金已藏，五馬與絆，滯貨已盡，是以畢也。』孔子曰：『請解其語。』老人報曰：『父母生時得供養，死得葬埋，此名黄金已藏。男已娶婦，此名五馬與絆。女并嫁盡，此名滯貨已盡。』孔子歎曰：『善哉，善哉！此皆是也。』

齊人魯人互助

昔齊國有一人，空車向魯國，魯國有一人負父逐糧，疲困不得前進。齊人遂與魯人載父，行六十里，始分別路而去。後齊人遭事，禁身獄中。婦來送食，語其夫曰：『君從小已來，豈可無施恩之處？不見有一人來救君之難。』其夫語妻曰：『卿向魯市上唱聲大喚，言曰：「齊人空車，魯人負父。齊今遭難事，魯在何處？」如此必應有人救我命也。』其婦遂用夫言，往至魯市中喚曰：『齊人空車，魯人負父，齊今遭難，魯在何處？』唱聲未了，即有一人不識姓名，來唾婦耳中，更無言語，遂還去也。妻至暮間，更送食來。其夫問妻曰：『卿魯市上得何消息？』妻對夫曰：『唯有一人，密來唾新婦耳中，即去也，更無餘語，不得姓名。』其夫曰：『出口入耳，必是好事，應有一人救矣。』即至其夜，乃來穿地作孔，直向牢裏取得齊子，遂免死也。時人云：齊人空車，魯人負父，此之爲也。

楚王食蛭之恩

昔有楚惠王共群臣坐食，葅中布一水蛭。惠王欲擊出，恐法厨官，遂即裹而食之。

惠王先患冷病，因食蛭，病，遂吐蛭[一]，及腹内冷病，吐出三升，因即宿病永差。王左右及群官等見之，欲追厨官及膳夫等推問罪之元。王曰：『不可爲食而罪人。』又欲追宰夫，欲煞罪者，取蛭而吞之。王曰：『天感其意，因此冷病得除。何要令食此蛭。』便捨膳夫之罪。因此已後，國内再興，風調雨順，五穀豐登。萬人安樂，恩沾草木，此之爲也。

隨侯救蛇獲珠[二]

昔有隨侯，因使，路由漢水邊……轉，頭上血出，隨侯憐憫，下馬……水中而去，達到齊國。經餘一……見一小兒，形容端正，手把……之而問曰：『卿今是何處？』小……曰：『我是漢水神龍，蹔出……破。當爾之時，性命轉然。蒙君……將此珠以報大恩。』侯曰：『我本……頭上血流，我心憐憫，以杖撥……身，何敢取君珠也。』小……

〔一〕中村本至此『吐』字即止，以下據伯五五四五號校録。
〔二〕據斯六〇二二號校録，此卷殘缺較多，然此故事爲他本所無，故存之，殘缺處以省略號標注。

羊角哀左伯桃〔一〕

羊角哀得左伯桃神夢曰：『昔日恩義甚大，生死救之。』遂即將兵於墓大戰，以擊鼓動劍，大叫揮之，以助伯桃之戰。角哀情不能自勝。遂拔劍自刎而死，願於黄泉相助，以報并糧之恩。楚王曰：『朋友之重，自刎其身，奇哉，奇哉也！』

〔一〕　據伯二六五六號校録。

新搜神記

清·李調元 撰

新搜神記序

神者，聖人所不語也，故季路問事鬼神，則曰：『未能事人，焉能事鬼？』樊遲問知，則曰：『敬鬼神而遠之。』可知鬼神者，二氣之良能，陽則爲人，陰則爲鬼。故曰：『鬼神之爲德，其盛矣乎。』阮瞻言無鬼，劉惔不信神，皆非也。晋干寶作《搜神記》，而所記不盡皆神，且又多昔之所謂神，非今之所謂神，故出處生辰多略而不載。兹書所纂近神獨多，然必據正書而核其原委，考其事迹，大抵以人事爲先，而非以神道設教，亦敬遠之意也。再余向著《神考》二十卷，分天、地、人物，苦其卷帙浩繁，因删爲二卷，但摘取今時各處祭賽之神，而亦以正書參校之，附於此書之後，使讀者便於觸目翻考，統名《新搜神記》。原其名，思以補干寶之遺也。知此者即鬼神之德，庶免民鮮能久之歎矣。

嘉慶二年丁巳十一月初一日　雨村居士撰

目録

卷二

卷三

卷七……八五

卷八……九七

卷一

夢神索詩

劉正誼有詩，名《昭華》云：『多少詩家誰第一？應無人在卯金前。』一日夢偉衣冠者，持扇索書。叩其姓氏，曰『諸暨潘姓』。忽寤，見鄰生王青玉來會，手持一扇，問之，曰：『此諸暨尊神潘老相公扇也，余每夏必貢一柄，乞題詩於上。』劉聞之，驚與夢符，遂握筆書七律一首持去。末有『感慨鰍生天問遠，心香虔爇向神論』之句。蓋詩名不但傳於人，且傳於神矣。

掌簽仙吏

癸卯正誼入闈，闈中已定魁矣。以房師武進唐執玉力爭，解元竟被黜落。劉憤極，頗有怨天尤人之意。一日，人言及會稽城隍廟，在卧龍山頂，甚靈，傳神姓龐名玉。《唐書·忠義傳》載，從太宗屢立奇功，爲越州總管，卒贈工部尚書。劉聞之，即詣城隍廟，燒香禮拜，起而言曰：『聞君爲神甚靈，今有正誼受屈如此，神獨不聞乎？』語畢，因題詩廟壁，云：『潦倒書癡命不辰，半生欲過守江濱。椿萱并謝恩空負，筆墨無靈鬼亦嗔。祇覺躯軀身似鶴，徒憐髻髻昔呼麟。仰天天遠殊難問，淚透青衫訴與神。』又云：『蒼蒼禍福最分明，肯許凡間有不平。三峽水波歎世故，九秋雲影笑人情。畫梁綺幕豺狼卧，寶馬朱輪狐鼠行。何事射雕宜好手，英雄閒殺兩空擎。』是夜，城隍附降乩者謂曰：『君前身乃桂宫掌箋仙吏，今尚虚席以待，何憤也？』劉自知不久，復題詩謝神。有『飄零學海將投筆，懶惰文垣復掌箋』之句，未幾遂卒。

張獻忠降生

李祖惠言：延安府膚施縣有林生者，縣之柳樹澗人。家貧苦讀，試輒不利。舌耕於金明驛之東土橋，遺妻守舍紡績自給。塾去家兩舍。一日歸省，未至家，天已昏黑，愁雲密布。少頃，大雨如繩，遂避雨於道旁古廟中。廟三楹，牆垣倒壞，無住持。中有神像一座，金衣剥落。神前有破香案，亦欹斜將圮。意待雨少霽即行，而飛霖愈猛，雷電交作。遥望村火點點，簷外泥深三尺，跬步難行。無如何，遂坐於香案下假寐。忽見兩廊人夫喧闐，騶子奔馳灑掃。堦道旁有大厨，豕羊羅列，宰夫數十百人，鸞刀縷切。堂上燭燈輝煌，龍文鳳綺，供設甚盛。中一人緋衣平天冠，似王者規模，指點手下安排桌杌，結彩張筵。旁列鼓樂，似人間地方官伺應上司狀。探馬卒絡繹不絶，鬧擾之聲，爆火之光，徹内徹外。少焉，忽有飛報者云：『煞星下界矣。』緋衣人即踉蹌趨出門外，祇候甚恭。林生亦從稠人中遥望，見雲端冉冉，一簇人馬擁乘輿飛奔而下，兩旁皆仙娥嫚婇環夾左右，笙簫縹緲，響遏行雲，漸漸前導至前。緋衣人又疾趨數武，至道旁拱立，貌益恭。乘輿忽墮廟外喝駐，輿中走出一人，赤髮藍面，鋸齒獠牙，猙獰甚，即大步入，緋衣者謹隨其後。至大廳，赤髮人直上座，略不叙賓主禮，緋衣人參揖後即趨側席陪坐。赤髮人坐定，即拍桌呼曰：『飯來，飯來！莫誤我事！』緋衣人即呼階下數十青衣，舁餐盤而上。珍饈羅陳，大率皆人間未有。其隨來人衆俱有供給在兩廊下。一時鼓樂齊鳴，歌舞畢備。饌畢，又青衣數十争上撤席。緋衣避席拱立，言曰：『今日星君下界，雖奉上帝敕旨，亦萬民劫數。但職忝東嶽，以好生爲心，伏乞十分中暫留殘喘三分，則庇德非淺。』言訖，又復恭聽。赤髮者初聞若怒，既見上下俱款洽隆，至有赧色，微頷首而起，大步出門外，隨者皆擁護。緋衣人仍送出旁候，乘輿一片光明，望之投己村中而没。林生牽從緋衣人侍者，密問之：『此何人？』答曰：『汝學生也。』一驚而醒，則身猶在香案之下。

東方已白，簷溜漸稀，雨已晴矣。視廟榜乃東嶽也，遂趨步歸至家。妻啓户出迎，林生見桌上盛喜雞子一盒，問之，妻答曰：『昨晚比鄰張嫂誕子所送也。』林生异之。後五歲，張翁送其子入塾從讀，改名獻忠。年餘不能記一字，翁遂使牧牛，又無賴，往往從群兒撲戲。及長，漸爲狗偷，充本縣快手。不數年，爲流賊。林生老爲在焉。

成都火灾

乾隆四十九年四月初一日，成都提督署左側右三義廟因居民燒香火起，成都縣屬被焚。提標左營游擊衙署三十二間，民房共九百二十九間，拆毁房共二百五十四間。華陽縣署被焚，學政、鹽茶道及都標、都司、守備等衙門共二百三十四間，民房共八百二十六間，拆毁房共二百四十三間。總督奏：『成都督學、臬司、鹽道等衙門均在東南一帶，居民稠密，街道錯連，最爲省城繁庶之區，皆被回禄，從來未有。』又稱：『蜀人房屋，多編竹爲壁，上加灰泥，延燒較易，故至一千六百餘間之多，爲數百年未見事。』云：『火初起至青石磽爐頭方姓家，人見一紅衣神立屋脊，火竟不至，一家獲全。』官問之，蓋五世一堂，行善人也。余曾至其家訪之，爲題其圖。

正陽門靈籤

京師正陽門關帝廟籤甚靈。余丁酉五月初一京察失官將歸，而例尚需引見，因禱於關帝廟。得一籤云：『一紙官書火急催，扁舟直下浪如雷。雖然目下風波險，保汝平安去復回。』未幾，即有廣東之命。

關帝顯神

汴梁關帝廟在城隍廟後身，前撫院徐績所建，有四十一年。碑自叙：三十九年爲王倫作亂，領兵征剿。行至堂邑之柳林，爲賊所困。正在急危，忽見賊不戰自亂，互相奔竄。左右言：『見空中帝君顯神，而徐未之見也。』乘勢追之，賊大敗。後獲賊人亦言：『見周倉執大刀從雲端而下，故不敢拒。』次年，徐調撫河南，於行在面奏顯神之事，請建廟於汴梁，以報神恩。上允賜『神威垂佑』四字，刻於殿前御碑亭。王師所在，百神護衛。以帝君之靈，無遠不照，固未足奇。而碑文有：『小醜跳梁，以國家大臣若遽以身殉，誠恐有損國威。』則言之未免内荏也。

周倉刀

遂寧張相國有廳三楹，面南供關帝君像。周將軍持刀旁立。西案列文牘，對辦有僚屬涉私請者，即拱手曰：『關帝君在上，豈敢徇隱！』或以密語欲接耳者，即皺眉曰：『周將軍刀甚利，獨不懼耶？』一日，有同鄉以重賄屬其閽，許之。甫至公前，見刀動乃止。

李璧銅像報

何九皋言曰：『自廣元至梓潼，植柏數十萬株，號「翠雲廊」，前明州牧李璧所植也。』後人思之，爲銅像立廟於明堂側，後廟毁，移至文廟西廡。後司牧行香游覽，見廡下有銅像一尊甚偉，詢之惻然，爲移祠於蕭曹祠右，屬書吏祭之。乾隆中，銅價昂貴，有州牧某見其銅重，欲毁鑄爲銅盆等器，命役碎之，錘不能動。某怒笞之，另命役大鐵錘碎，以火熔之，三夜乃化毁。後其役七竅流血而斃。後其常見紅袍白晝立於前，曰：『還我身來，否即索汝命！』某心惡之，唯上省即不見。嗣後屢假公事居省。一日，在公館方送客，忽扑地曰：『李公饒我，李公饒我！』遂卒。

金龍四大王

臨清磚閘《金龍四王廟》載：王諱謝緒，南宋生員，錢塘人，曾祖諱達，字明遠，由會稽徙居，剛直好施。及卒，鄉人入祀之，稱爲『靈惠』。再傳而生王兄弟四人：綱、紀、統、緒。王行四，讀書金龍，築望雲亭，隱居不仕。咸淳七年，浙大饑，捐貲飯餒，全活甚普。甲戌秋，大霖。水溢苕溪。時元兵正入臨安，宋室垂亡。王憤惋泣曰：『生不能報朝廷，死當作厲鬼以殺賊。』遂賦詩，投苕溪怒沸中。越數日得屍，面如生，鄉人相與瘞於金龍山，立像於靈惠側祀之。忽一日，示夢於鄉人曰：『吾因宋王抱恨自沉，百年後黄河北流，是吾示驗時也。』元末丙午年春二月，大明兵果起。太祖取臨安，過黄河，忽見空中有金甲神横槊助戰，執鞭擁河水北流，遂得度。因禱求神姓名。是夜，夢一儒冠青衿，告曰：『我宋會稽生員謝某也，兄弟四人，因宋王投水，飲恨百年，今特爲擁流以申其志。』太祖驚醒，异之。遂封爲『金龍四大王』。永樂十四年，濬築漕河。水甚險，王默佑之。上聞，敕建廟，額爲『黄河福主』。隆慶間，工部尚書潘季馴督漕河，不能治河塞。潘爲文責神而塞如故。有吏暮渡，夢神擒入廟，詰之問：『河流塞天數也，豈吾爲此厲民哉？爲告司空，吾已得請於上帝，河於某日開矣。』已而果然。奏聞，敕建廟於魚臺。天啓四年，加封『護國濟運金龍四大王』。順治初年，敕封『顯佑通濬金龍四大王』。康熙二十七年，御制碑文立廟於宿，遷其臨清，碑牌同時建立，年久剥落。雍正七年，河水漲發，適浙江處州前幫至二閘口，激湍之中，如有物阻，百夫不能挽。副將吉自隆默禱神前，遂復平安。雍正九年，巡撫岳公濬奏上聞，發帑敕修。

劉猛將軍

盛秦川云：吾鄉俞曰緜先生名槑，明季人有野廟《九歌》，其一爲《劉猛將》。自序云：『司蝗之神也。蝗背有孔，神嘗貫之以繩，不使妄爲害。』按，劉猛將之列在祀典，我朝自雍正二年始，因直隸總督臣李維鈞之奏也，或云封『中天王』。然神之諱號傳聞不一，《姑蘇志》以爲宋劉武穆公諱錡之弟劉鋭，弱冠成神；或云金壇宰謚文清，即詩家所稱漫唐先生。漁洋《居易録》已辨其非；或云：元指揮劉公承忠，見

《饒陽縣志》，蓋本泰州牧唐君《扶鸞録》。劉猛將軍自述云：『予生於元季，爲吴川人。先將軍諱甲，予之名則承忠也。先公鎮江右爲時名將，予年甫二十即授指揮。俄而，淮南盜起，命予督兵，幸而兵不血刃，盜皆潛竄。時剽掠之餘，繼以蝗災。江淮千里，一望蒼凉。欲開倉發粟，則非職守，欲會圖入告，又迫不及待。正當輾轉彷徨，適遇飛蝗遍野。予告於衆曰：「吾與汝等逐之何如？」衆爲踴躍。予即揮劍追逐，須臾，蝗遠遁。然四郊多壘，民在倒懸，困不能扶，災不能救，烏在其爲民上也？因憤極自沉於河，後有司奏請授猛將軍之號。上天眷戀，愚誠列於天曹神位，此予生平之大概也，而以爲劉武穆公者居多。』《堅瓠集》引《怡庵雜録》載，宋理宗景定四年三月八日，教略云：「邇年以來，飛蝗犯境，賴爾神力掃蕩無餘，爾故提舉江州，太平興國官淮南，江東浙西制置使劉錡，今特敕封爲『掃威侯天曹猛將軍神』，似爲可據。然今廟貌皆爲弱冠之容，未知何故。

簡公報冤

巴縣孝廉簡上字謙居，官員外郎。先生天姿絶人，過目不忘，嘗著《四書彙解》。康熙辛亥，視學江南，以孝廉主試，前未有也。江南財賄所都前學使者，無不藉營金窟。公至力反其弊。勢挾利誘，屹不爲動。每發榜，後進諸生而面誨之，或某某解題中款，某某用古入化，并不攤卷於案，能皆背誦其文。鈕琇在列所目睹也。視蘇州題中有『上』字，一生因公名『上』遂寫『上』爲『尚』。公呼是生問故，生曰：『憲名未敢正書耳。』公怒曰：『汝將以此求媚耶？士人行已貴乎立品，即小可以見大，即窮可以徵達，推此意也。他日僥倖立朝，則婢膝奴顔，汝必安爲之矣。』跪生於庭，立令改正。又數年，公補粤西江右道，北地崔維雅者，傾險人也，向與公同官，屢有干請。公薄其爲人，不甚應之。是時陞任粤藩護理院事，遂以故巡撫郝公與公有交，借事誣奏，繫公於獄。公無以自明，吞金而歿。其明日之午，維雅方啓門視事，忽狂呼曰：『簡公來矣！』倉皇亟趨下階，伏地叩顙不已。復起，反手而縛。卒後疏下，白公無罪，而公已歿。天下冤之。

陰司會審

兩廣總督桂秀岩與芝田交最篤。桂先在川督時，舉保游擊宋元俊爲總兵。金川用兵時，桂命宋統兵進剿，多失機宜。桂督責之，乃宋不知感，反摭拾桂細節參奏，遂將桂革職逮問。命額駙公尚書福隆安訊審，所參皆屬虛誣。宋反坐正法，仍復桂官四川提督之任。後忽一日，桂假寐榻上，有信親家人某亦立寐於屏後。朦朧之際，見一青衣來廳前，以手招之，某遂隨之去。須臾至一處，恍惚若王者宮殿，上坐紅頂各大人，若刑部會審，狀皆吏役。青衣人帶某至階下，微目仰視，坐上第三位大人即桂尊人。鶴年公曾爲廣東巡撫，某曾及伺侍，遂向前單膝請安。鶴公謂某曰：『汝與我兒在金川做的好事，今犯出來矣。』其惶恐不能答。鶴以手麾之去。青衣又引至旁一官廳，見上亦坐數人，衣冠若司官。章京手持供單，執筆訊問。其下跪一人，指說口訴，若冤抑求伸狀。某側觀之，即宋元俊也，頂帶如舊。須臾問畢，見内一司官似掌印章京，袖帶供單，起身出外。青衣仍引某從後隨之，轉入數層，見一殿甚高，金碧輝煌，上懸金字匾額。青衣與某立於階下，掌印章京整冠摳衣，歷數十級而上。遥見殿上正中站立大和尚似地藏，轉身背手，面向金字匾而立。掌印章京趨至前，袖出供單念誦，又附耳密稟，見大和尚側耳若聽，久之徵點其頭。掌印章京喏喏連聲趨出，其大和尚仍背立如故。青衣又引某出，歷數層門至大橋，忽被青衣一推而醒。見天正當午，桂仍熟睡，作鼾呼聲，滿頭皆汗。某呼桂覺，具言得一夢甚怪。方開口，桂曰：『不用說，我已夢之！收什行李將往廣東矣。』次日，果有總督廣東之命。未及一年，病卒，年三十餘。余適考至省城，聞卒之日見宋元俊云。後芝田曾於他處見。某問之，具道其狀甚詳，俱在桂所夢中。因諱不以告人，故不能細知。然則報應之説，非釋虛語也。

賈鹽异術

綿竹有賈鹽者，忘其名，學少君之術。秦武功壬午孝廉黃鑒父某，客死於綿厝亂塚中，已二十年餘矣。鑒登科後至綿，遍求父棺不得。一日，賈謂之曰：『我有術，曷問我？』鑒亟叩頭請，賈許之。至亂塚，賈書符化之，令童子觀，少頃，問曰：『見何物？』童子言：『見一老翁從土總出。』賈言：『此即土地也。』即問曰：『汝知黄孝廉父骸骨否？爲我俱來。』即書紙馬化之，老翁授命而去。須臾，載一人同至。賈謂鑒曰：『汝欲見汝父乎？』鑒泣請，賈即燃香二，一插土上，一付鑒持。鑒即迷去，賈又使童子視之。有頃，童子報言：『香炷上烟縷中湧二小人，一老一壯。壯者向老者跪泣，如認親狀。』賈曰：『是矣。』即大聲令趨葬所，使童子隨之。即見烟縷中老者飛奔至水窪處而止。鑒亦醒，按其處鋤之，尺餘棺露，棺前有石塊鐫曰『武功黄某之墓』。啓之，屍已化矣，滴血良是，此亦异事也。

君召

乙丑歲，遂寧張文端公鵬翮莅河東，值鹽池六年，水患之後，鹽花不生。商客困絀，公勞心綏。懷躬督州縣，浚渠築堤，以禦横水。雖暴日風雨不避，面爲之蜕。周視池内，教商築畦澆泗，爲之較緩急。權子母調濟，商民各得其平，以足引課，有所興除，或僉謀諸人，或傳稽諸史，得一法，即見之施行。自春徂冬，日無寧晷。念老親去楚，不得朝夕承歡，慨然有請告之想，禱於關帝君，以决其可否。忽一夕，夢光彩照耀如白晝，關帝君降臨身中，面半肥而少扁，顔如酡，滿頤皆鬚而疏，長冠漢巾，服袍緑有補，與人間繪像迥別。向鵬翺曰：『君召……』語未竟而夢覺，再三尋繹，不解二字之意。忽於六月三十日報聞特旨内陞，始悟『君召』二字應在此也。

義石

慈溪縣長溪嶺下有石翁仲，明故官墓上物也。後嗣衰落，將鬻於他姓。夜夢翁仲告曰：『尹事君先人久，義不可去。』明日集衆牽挽之，重不可移，强舁至數武，遂折焉。鄉人奇其事，爲亭覆之，顔曰『義石』。

鐵哥

鐵四太尉在吴山，四軀，擎拳瞋目，醜怪駭人。相傳江中浮來，郡人有忿争凶隙者，則迎而詛之。案凌彦翀《柘軒集》有『吴山東嶽廟化鐵四太尉』，疏云：『吴山東嶽廟鐵四太尉，一曰靈應侯，二曰福佑侯，三曰中正侯，四曰順佑侯，以禦灾危。以鐵肖像非一日矣。因軍器造作，有欲假爲用著。一夕托夢於王子澄，曰：「吾欲助國，將作吾新像以離於此。」已而果爲國用。子澄識其語不忘，果蒙神佑。動止協吉，欲求衆力圓成，庶見神功昭著。』彦翀爲至正末人，像當重鑄於此時，不知何年復增鑄一軀，俗名鐵哥。

羅江土地祠

今綿州即前羅江縣治也。明有土地祠，前令所建，頗著靈异。令有事必禱焉，祭享無虚日。自盛昶以御史謫級莅任，不復祭享。一日，私廨失其所畜雞，尋之，乃在神前。舒翼伏地，如被釘狀。以問輿皂輩，皆言神以久不祭故，見譴耳。昶怒至祠，面斥其非，因舉欲意毁之。是夢中，見神來謝罪，懇曰：『余血食於此者，累年不敢爲過。昨日雞被釘者，乃鬼卒輩苦饑，故爲之。非余敢然也。公幸憐之，勿毁。』昶不許，明日遂撤之。其前令者既秩滿，即留家於縣署。後夜夢神來訴，乞立廟，詰之曰：『何不更訴新令？』神蹙額曰：『須公自爲之耳，彼盛公威嚴，不敢干。』令乃新之。

李芝前生

李芝，號吉山，富順人。乾隆二十年丙辰，中本省鄉試第二名，戊辰會試第九，官枝江縣令。歸田後，以教授生徒終其身。年二十時中試，由楚北上至河南新鄉。旅店途中聞糍粑香甚，因偕同伴二人至店中早餐。忽有老人向同伴問曰：『各位中有四川新中第二名李先生否？』同伴指芝答曰：『此位便是。』老人涕泣哽咽不能語。同伴曰：『素未識面，悲從何來？』老人曰：『愚有隱痛，不敢輕言。』同伴固詢之。老人曰：『老夫向有一子，名中枝。幼讀書，頗聰明，入泮後忽得病亡，今已二十年矣。昨夜夢白鬚老人謂余曰：「汝子死後托生四川富順縣李宅，去歲中式第二。明早過此地，汝往詢之，可以會面。」寤時語荆妻，妻亦同夢。故今早趕來。聞諸公所言，李先生與夢相符，故心痛淚不能止也。』因邀至家，芝聞老人所言中枝死日與己生辰相符，亦覺心動，因偕同伴至其家。老人具酒餚款待甚洽。啓厢室示芝曰：『亡兒死後，遺篋貯此，不忍開視。今願舉以相贈。』芝檢視，則生平窗稿及鄉試三藝在焉，一字不差。芝亦心動，遂請謁其母及寡妻，灑淚而別。後北上不第，再過之，二老已亡矣。爲哭其靈，留數金而去。戊辰中進士，選知縣，再至其家，迎其老妻至署，養其終身。

蠅妖

餘姚邵生士賢，少狂放不羈。一日，讀書齋中，倦怠思卧，方欲倚案曲肱，忽見一女子褰簾入，年甫十五，身姿綽約，謂生曰：『得毋欲寢乎？離此數武有一靜室，幽雅可人，曷不隨妾去？』生心動，便隨從之。女子前走，轉迴廊，果有花園一座，竹石輝映。中有小軒，爐香細裊，壁上多名人詩畫。有一婢執茗盤倚窗。侍女遥謂之曰：『客來矣，速烹茗。』遂邀生入座。婢至，茶畢，坐間有古楸盤。女笑謂生曰：『亦善此乎？』生曰：『粗會，但不精耳。』婢即執楸置桌面，兩人對弈。未數子，婢即亂之曰：『先生負矣。』遂呼婢進酒。少間，果肴羅列。生量狹，不三爵油油然，睨視女亦秋波斜睇，倚醉挑之。女若解意，又似礙婢在側者，即遣婢竈下，搦當什物。

婢去，生意偎之，女但掩口不作聲，而生至此，心旌益蕩不自持。遂以手探女私，女亦自緩束帶。方欲狎，一丈夫黑衣冠，軀甚肥偉，掩至，嗚曰：『賤婢，子何得私奔！』遂以兩手提女項，女呼救命。生窘急，遂然而醒。則身在齋中，口間猶帶酒味。見硯池旁一蠅虎搏蠅，仿佛聞救命聲，即解之。見蠅走硯池，寫一『謝』字而去。

蛇异

醒園孟夏，草木葳蕤。余獨携僕揚玉至園。宿夜半，忽聞屋上有聲，嗚嗚如風雨驟至。愈聽愈急，急呼玉持燭視。玉至，見一大蛇身如中碗，盤踞梁上。見火遽落於地，盤旋一窩，昂首四顧。適火滅，再燭，忽不見。而房中周圍皆磚砌，不知從何出。人言山神變幻，或其是歟？

卷　二

黑　木

惠潮道韓朝衡有婢爲妖物所纏，終日閉户，亦不飲食，但聞笑語聲，如人夫婦相語。若人推門大罵，即同聲回罵。以鐵斧戛開户鐶，則但見婢昏卧於床，體無寸縷。以薑灌醒，但云眼中一黑，即如有人壓住，不能出氣，不知其他。徧尋僧道、符水皆不驗，無何，余亦驚詫别去，即入試院。開門後，問之，則請一西洋人，用清水一碗咒之，即露一物，用索捆縛，乃一段黑木，作唧唧聲若求恕狀。隨以火燒帶云。

半臂私孩

唐觀察芝田四伯祖家人許魁，服役多年，甚勤。一日，奉遣出外，行至中途，天色將明，見道旁遺一私孩，厭其早出不吉，遂抽佩刀斷其左臂以禳之。幹事畢，歸至家，時其妻方十月將産。一日，生一子無左臂，取名許福。及長，甚勤幹。每見人行禮，以右手牽左袖而作揖，亦如常人，實一手也。數年前始卒。

歸魂

唐芝田伯倚衡爲濟南守，是時芝田家居維揚。忽一日，鄰人來説：『每夜見一黑人坐於貴宅屋脊上，恐係穿窬，不可不防。』芝田疑其妄，但令雇丁謹守鑰而已。次夜，芝田方侍飲太恭人帷，忽鄰人奔告黑人又上屋矣。家人聞之，盡執器械趨視。是夜，月色朦朧，遥見屋脊果坐一人，衣冠模糊，不甚分曉。皆大呼有賊，争以瓦、棍、杖投之，其人倏忽不見。闔家驚懼交集，不知其祥。夜深，家人俱就寢。一老僕坐几上，尚未睡熟，忽見前黑人履聲橐橐，從門而入，微作歎聲，漸走近前。老僕細認之，儼然濟南公也。大驚，方欲叩問，忽失所在。未幾山左訃至，言：『公子於某月日卒於官署。』計其卒日，即黑人上屋之夜也。蓋甫逝而魂先已至家矣。

四十六金

山左張孝廉扶輿，號漁山。卯君仲子生扶輿時，夢神人賜一馬，以四十六金酬之。寤而生，卒亦四十六。

王林見鬼

余在通水道署時，親隨王林宛平人。夜起如廁，廁旁有空小院修葺房二間，向爲積薪之所。王甫摳衣登東，見一婦人渾身衣黑，而臉如紙，從房門而出，以右手按門枋，左脚下階，徐徐邁步。王問誰，屢問不應。漸踱至前，王大駭，急走至己房，揭卧帳上床，以被蒙頭而卧。隨聞大風起，呼呼有聲，帳幔盡卷，乃大呼。其母亦在署，急移他處。病一月乃愈。

夢魘

有吴縣邹在中，僑住成都，善昆曲，延至家教小伶。自言居蘇時，寓所有樓三楹，向無人居，班賃住焉。班中演臺戲，尚有三劇未見，邹先歸。日已昏暝，從巷買燭持歸，登樓背門，解上衣，擁被而坐，嘘烟未畢，忽聞閣閣聲，似雨雹落屋瓦，然而是時又月色入户，心竊疑之。舉首回頭，見一美女子從樓梯而上，身衣白布襯紅綢夾襖，上著徐綾青團花半臂，深藍緞裙，綠褲膝下罩金蓮，紅鞋鳳頭，著高底鞋，其閣閣則高底聲也。大驚，急呼之，而心如夢魘，不能出聲，遂昏跌於樓上。而班中諸伶適歸，見邹不省人事，共用薑湯送鎮心丸救之，不醒，而心撲撲然，共守之。翌晨，乃大叫一聲而甦，始言其所見。時鄰坊有某者亦來視，言：『此樓向爲染房某氏所居，其女有姿色，與鄰襪鋪某通，有身，其父惡其辱，立斃之，年才十六歲，故每白日見形。』因遷居焉。

菩薩侍女

唐觀察芝田第六女，年六歲，得病垂危。夜忽坐起四顧，有侍湯藥老嫗大驚，佯作熟睡竊視，見女合掌向南，作拜佛狀，如是者再，意似有佛接引而不願去者然。芝田聞之倉皇，欲乞佛留此女，已不可救。未幾，第四女亦病，兩手合掌亦如念佛狀，雖百鈞之力莫能開。芝田鑒於六女，竭誠求神祈禳。有家人張文禮忽作神言，云：『四小姐本菩薩侍女姹托生，今將收回。』家人窘迫再拜，許取佛名，并立齋懺悔，求在塵世完父子緣。久之，神又降，云：『菩薩許之矣。』手遂開，至今無恙。許天津牛氏四子爲媳。余在銅沛猶親見之。芝田晚年精於佛理，豈牟尼所錫之維摩耶？何以既錫之而又奪之也？

變男報恩

山左孫峨山勷，嘗於其師秀水徐華隱坐中，見江西客人稾項黃馘，詢其家世，云：『父官滇西歿，子不能自存。』華隱乃其父同年，哀其困而收之。峨山言：『華隱師敦故人之誼而館君。第君素多病，與藥裹爲緣。師朝夕内值，恐不便。盍館余寓？』客欣然從之。峨山遂與共起居，所以周衛之者甚至。無何，客病篤，泣執峨山手曰：『受公厚恩無以報，明年當生公家。』歲餘，峨山夢客來。越宿，夫人生一女。六歲秀慧，峨山愛之。一日指女，戲與家人曰：『此華隱師處客，然女也。報恩之説謬矣。』女恚曰：『爺憎女，當再生爲男耳。』未幾，女病有痘，發於天庭，遂殯。明年，峨山復夢女至而舉一子，二人齊有痘痕，人皆异之。

死後訓子

綿州計天命，字性成。隱居不仕，精琴理，工接花，尤長於雕刻木器。凡斲琴製櫝，俱極精巧。乾隆五十九年冬月初九卒。初十早，其孫女瑞忽見性成坐花園中凳上，大呼曰：『祖在此。』遂瞑目不言，若中風狀，其子以薑湯灌之，不蘇。久之，忽大言曰：『扶吾至堂屋，吾有言分付汝等。』其聲酷似性成，遂扶至堂中几上，問之，曰：『不料竟死，吾有推鑿鉋子六件，在汝二叔處，即取回。』二叔，弟天良也，時上場未回。其侄呼至，對曰：『祇四件非六件，已送至矣。』瑞頷之，復曰：『吾有所附接硃砂梅一株，在龍灣唐監爺處，亦可割矣，即差人取回。』其子曰：『諾。』復曰：『吾有琴材桐木一段，曾托月和尚轉送唐，而月以佳者中留，劣者轉送，非吾意也，須令易之。』言畢，又屬付定期葬所，又呼兒女至前各加教訓。言畢，其孫女仆地而蘇，問之茫然。其子一一如言。余爲點主，親見其言。

蛇精

綿州河村垻國學李某有養媳，年甫二十五，忽中祟。開門不與人交，亦不飲食。其父母至，呼之不應，但終日擁被卧，時聞中夜笑語聲。父知爲祟所迷，百方禳之不愈。父閉其户，謹置他處，使人守之，仍如夢如魘，無可如何。復有一喇嘛聞之，言可包治。遂延於家，厚款之。喇嘛以一符貼其額，遂漸能言，云：『有一緑衣秀士，眉目清朗，常與寢處，來即昏迷。其飲食酒饌俱親携至，异香撲鼻。時具酒請客，有三人同來，皆衣葛，面貌猙獰，雅笑謔，飲畢即去。』其父以養媳言語告喇嘛，即出符緘小盒付媳，曰：『汝密置手中，謹握之。俟其皆來飲酒時，暗啓符蓋，其首則得矣。』其媳如言，怪遂絶。次日以盒付，喇嘛曰：『此物已收盒中，永無患矣。』問何物，曰：『蛇精也。當携去。』問其三客，則近處一古藤，一杞柳，一檬樹也。

回煞

蜀人言死後三日回煞，不知始自何時，而婦人尤信。偶閲盛百二《柚堂筆談》言：吾鄉唯平湖一邑無此風俗。傳聞昔有沈尚書，爲人剛毅，少年時偶客喪家，主人辭以避煞。尚書不聽，於殯次潛窺之，忽見雄雞飲啄，忽作人言，云：『來非我意，乃巫家邀我，從此後不敢入貴境矣，乞丐我命。』遂舍之。於是平湖人不避煞。嗚呼！安得天下皆沈尚書乎？考《平湖志》，明以後沈氏多科甲亦無官至尚書，不論可也。

七姑娘

蜀中婦女於正月元日後上元前，相率請七姑娘，使歌舞以爲笑樂。不知始於何時，其事有足异者。其請必以夜采墓上錢紙。先令二三小姑穿彩衣，持小柄扇，於豚笠間或繡閣，各瞑目并坐几上。一小姑持香三炷，一燒以紙錢，跪而祝曰：『正月正，請你姐姐來看燈。恁麽燈？娑羅燈。娑羅樹上掛鍬钁，低一钁，高一钁，紅羅裙，紫羅邊，娘半邊，女半邊，拿與姐姐做鞋穿。一根綫，兩根綫，拿與姐姐沿鞋扇。牆上一根菜，七姐來得快。牆上一根草，七姐姐來得早。磚竈瓦竈，請你姐姐耍笑。磚台瓦台，請你姐姐耍來。七姑娘來不來？莫在陰山後頭挨。』咒二三遍或五六遍畢。若几上小姑手冷身戰氣喘，即神來矣。遂使人扶出中堂，使歌舞。若小姑諳曲者，請者提頭，則七姑開口便唱。聲音嘹亮，高可遏雲，抑揚頓挫。珊珊善舞，舞作大垂手，小垂手，勢雖霓裳羽衣，不足過也。若小姑素不諳唱者，旁以一人唱之，則七姑應節而舞，各就其曲中之高下疾徐而作勢，絲毫不爽。但不許人笑，笑則以扇擲之，自倒於地。若有人狎侮於旁，則執竹打之，目雖未開而能越門限趕逐。畢事也，若無人唱，亦不空舞。如若不唱，從耳邊唤本人小名，則醒而羞避之，小姑亦無他故。

枯柳精

綿竹縣民楊化翠女迷於妖，禳不能禁。一夕，妖與女圍爐，更深倦談，即倚凳熟睡，張口作齁齁聲。女乘便以火箸夾熱炭置於口中，妖忽大叫，從屋後號啕而去。翌日覓之，三里許有枯柳一株，炭在焉。

明倫堂僵屍

雅州明經牟柄六鈐，同硯友也，有膽氣，嘗向余言：少隨某親，官邛之司鐸，署中課其子。有前任鄭姓姑表弟歿於署，停柩於明倫堂東偏，以紙槅遮之。中爲庭，西一間則課書室也。每夜三更静，輒聞珰琅一響，即有脚聲橐橐然，由東走出。牟心疑之。次夜假寐，從壁後隙紙眼窺之，見棺蓋凸然而啓，僵屍從櫬中久伸而坐。遍體白毫，眼猶閉，以手豎蓋於旁，翻身下，往署後倀倀而去。後舊有廢園，荒草叢生。不敢躡其後，遂坐以待雞鳴。見從外大步而歸，入櫬中仍以手扳蓋，自覆如故。牟翌日以告其親。率數十人，夜伺其出，牟即持斧釘其蓋已，遠避於他舍，以聽動静。明日往視之，見僵屍奄仆於蓋上，而己室中懸帳寸裂成條，蓋屍已知牟爲也。

貢院遇祟

余鄉試同年筠連詹守職，少年弱冠登賢書，癸未同入禮闈。忽坐號中哭泣，泣畢將試卷碎裁成片，各寫書别家人親友。走入空號中自縊。有同號生見之，以鳴於官。時提調爲儀制司主事，内江姜爾常錫嘏，亦與詹鄉試同年，也親至號，解之氣尚未絶。但痰聲咯咯，乃以姜湯灌醒。問其故，則舌撟，不知何語。令人扶至公堂，稍能飲食，而日夜仍尋刀覓索如故。乃派役守之，至放棚交外巡，着人送詹至韋陀庵寓，而瘋狂仍然，凡刀索奴輩皆藏之。至月餘，乃稍省人事。余就寓視之，問其故，言：『庚辰北上時，缺盤費，乃托親戚某代求包捐監生數名，得數百金乃行。落第後將包捐銀借與新選知縣行利，已隨任討銀，知縣日久不能還，遂至不能捐。其捐監人在家中日夕與親戚某廝吵，某屢書帶京催問而已。無顏回復，衹得托故以復。而捐監人吵不已，并闔家上某門坐索，某被逼遂縊。竟至訴官，連年不决。今春北上，將至京城門，忽遥見某掛在城門邊，大驚，竊疑不祥。及入貢院號舍，甫進栅，又見其人，曰：「汝亦來了麽？」遂昏，以後事皆不知矣。』

看水碗

蜀中有看水碗者，自云异人。嘗於鄰舍見其人以油燈一盞，用紅頭繩七條，剪如燈草樣，蘸油中點燃，下盛水一碗，使幼童十二歲以下者看燈，漸漸有光如月，以占疾病。其光中即見鬼形狀，大半皆先卒者，容貌宛然如生，衣服亦肖。看畢，使童自言，故人無不信。亦有不用水碗，單以香一炷點燃，使童視香頭，燃處如小星，漸看漸大，能見病人床帳。如是令童兒請其祖師，即見老人如老君樣盤坐於上，旁立兩陰役如衙史。復令童兒問：『何鬼所害，請祖師拿究。』言畢，即見祖師差役，其役即奔赴病人床下，拿出一黄瘐瘡婦，一串鬟老人，皆以鋃鐺，使跪祖師前。令童認之，一其僕婦，一其族叔也。其人即以小盒向香頭唱曰：『入。』即俱不見其人。即以符封盒口曰：『被害鬼已被裝入盒中，待我携歸埋之，病自此愈矣。』果漸瘥。自是人人皆信，亦不知何故，真邪術也。仁和孫相國總制蜀中，嚴行禁之。

程魚門談鬼

程魚門喜談鬼，嘗言歙縣汪某鹺商也，無子。死三日未殮，停屍於堂東，面蓋紙錢，脚燈一盞。主婦命其二甥一長一幼同伴堂西守屍。俱惡見屍，被蒙頭而睡。半夜，幼者熟睡，長者輾轉不寐，溲急欲起，又懷怕懼，因略伸半頭，露雙眼看屍脚燈尚熒熒然，欲明欲滅。徐聞窗紙風聲颯颯，如有人叩門聲。正驚訝間，忽屍以手自揭蓋面紙錢，亦擡頭望堂西守屍人，如伺其是否睡着者然。長甥大驚，仍以被蒙頭，心鹿鹿然，口若有鉗，屏息，氣不敢息。久之，風定，堂中寂無聲響，心疑不知屍作何狀，又略啓被縫，以雙眼竊窺，則屍卧如故。心方略定，忽見屍又以手扯蓋面紙錢之半，又露一眼竊窺。長甥愈怕，復以被蒙頭，以全身緊壓其邊幅。自是，再不敢窺探。而天已明矣。主婦見不起，因喚二甥醒，長者猶堅不應。告以天明，乃蹶然而起，備述夜所見，問屍活否。主婦笑曰：『安有此等事？屍如故，在堂也。』長甥不信，視之果然。魚門曰：『此乃疑心生暗鬼也。屍本未窺，因以竊窺而疑屍，則風聲鶴唳，亦如苻堅望八公山草木皆兵矣。』

狐請客

寶坻芮翰林永肩住草廠三條胡同，常與狐仙往來。云其語言衣服亦猶乎人。一日，有投刺到門，視其姓名乃素所未識，因請見，乃白髮老翁。揖與坐談，詞氣清爽，舉止嫻雅。問其來意，言：『家小欲僦其前臨街樓暫停，一月便還。如蒙見許，今晚當搬移。』芮心知其狐，許留之，令家童打掃。傍晚不見人來，而樓上登登履聲、搬行李聲，旋聞婦人孩子聲，知其已至矣。後亦相安無事，但至夜靜則人聲嘈雜爲异耳。忽一日，翁又來見，言：『小兒明日完姻，當具喜筵，煩借桌兒杯盞壺盆等物件用。』芮俱令人送至樓下，夜則忽然俱在樓上矣。如是者一月，忽留一刺，申謝辭去。如是者又一月，翁忽來云：『向承借居，匆匆未報。今已移居永廣寺西街，擇吉略治杯水，奉酬雅意。』芮亦許之。至日，早飯後，翁差人刺速。芮亦欣然隨其人前往，至則見門樓巍煥如京官王公大人府第。前人趨入通報，芮逡巡不敢入。久之，前人復出，引導登其堂，則廣廈細旃，桌几皆髹漆精緻，光可照人。須臾，主人盛服出，即前翁也。掀髯歡迎，復申謝款曲，執禮甚恭。未幾，展席安杯，向其家人耳語，見其數婢擁一麗人，環珮丁當，明妝靚服，裊裊而出。翁曰：『此即在君家所娶新婦也。厚意久不報，特今令拜見房主。』語畢，隨有婢鋪紅氍毹，扶新婦跪拜。芮斜睨之，雖落雁沉魚不足過也。欲回禮，而翁堅持不肯，遂復入，即就席，山珍海錯羅列滿前。其饌亦三滴水，相與開懷暢飲。酒半，復出大金巨羅，令新婦酌酒歡飲。芮俯首不敢辭，又不忍却，但唯唯跼蹐不安而已。連沃十餘觥，不覺大醉，而夜已四鼓矣，遂枕桌而盹，及覺，天已大明，身冷如冰，拭目視之，則身在永廣寺鐘樓上，凡陳設一無所有。唯記席至四大四小碗後，侍者捧出大冰盤蠷蛆一肴，因以袖壓盤而睡，故未撤去。

孫公刺狐

壬戌庶常仁和孫廷槐，先君壬戌同年，有膽力，在館食寓椿樹三條胡同。上房後有空院，乃放馬之所。時六月炎暑點燈時，孫仰卧炕上，翹足乘凉。時月色甚明，見炕上小窗中有黑影一俯一仰。孫以坐几置炕上，窗紙窺之，見一物小如猿，立後院馬椿上，向月而拜，知其狐也。旋暗下取掛帳長竹竿，縛裁紙小刀於竿頭，向其物極力刺之。忽聞啾然一聲，負痛向東而去。次日，孫至後院，蹤迹之見牆上及人家瓦屋上，皆有血迹，知受創矣。嘗舉謂人，人皆恐其禍得，久竟貼然。芮翰林嘗以事問翁，翁曰：『此即吾豚子也，向不自慎，爲孫公所中傷，今已全愈矣。』問何不報復，曰：『此公正直嚴明，官至按察，不可犯也。』孫聞知，益自喜。後果至按察。

卷　三

高白雲不信狐

金堂高白雲先生素不信狐。官華亭令，受代寓西院。以家口衆多，東院亦欲居之。家人言東院不潔，故房主歷年扃鎖，素無人賃。高笑曰：『未能事人，焉能事鬼？如有祟，我身當之。』家人遂不復言。次日早，方盥洗，忽見一磚落浴面銅盆中，水濺滿身，幾至傷額。高大呼曰：『吾早知汝爲狐。既有話，何不現形面講，來作此伎倆，恐駭兒女輩乎？人畏汝，吾大丈夫不畏汝也。』言未畢，即見一老人紅顔白髮，昂然立於前，神色甚怒。師即換衣與之坐談。翁亦了無讓色，居然上坐。師問何言，翁曰：『吾自宋南渡，隨龍過江以來，即世世居此。汝一卸事官，自有公館，何爲奪我之居，使我家小無寄頓處？因汝曾爲我父母官，讓一西院足矣。何爲得隴望蜀也？汝讓則可，否則當禍汝。』言畢，拂衣而出。師怫然不聽，而每日飛砂走石，或以衣帽投水，急取不濕；或書册無故自燃；甚至小孩無故自投池中，殆無寧日。師終不遷。時太夫人在任，因師上看，即命人移住公館，患始息。後調清河令，推陞禮部主事，寓崇文門外六條胡同朝南民房。房後有小廟封固，詢之，言狐仙廟也。師立命毀之，改爲圊房。兒女輩勸之不聽。忽一日，登圊，見一人從中直入厨下出。高自提厨刀逐之，忽化爲雞上房，高以刀擲斫之，誤中丫鬟，傷額竟至不救。而高亦奄奄得病，口中吶吶作語。闔家驚慌，醫巫無功，以至於卒。此余所親見。

見怪不怪

京中起建官房以居京官，其租價皆交部扣俸，此乾隆癸未年間事也。余在館時，住麻綫胡同。其旁小巷即梁家園，有官房一所，共二十三間。凡歷任遷進，閱日即退，皆言有祟。是以每月賤賃人，住價衹十兩。中書武進毛應藻，人號都頭，以其能幹辦官事也，素以膽識稱。因其價廉，直租之，未幾亦出。余以比鄰近，詢之，不言其故。但咤咤曰：『怪事。』余以古人云：『明有禮樂，幽有鬼神。鬼神之事不可云無。』孔子亦云『敬鬼神而遠之』，但當敬以尊之，遠以别之，如是而已。若與之狎侮以襲之，或暱信以親之，則陽神皆爲陰氣所奪，所言所行皆與陰氣爲一。如今之筆録扶乩，鮮有不爲邪祟所中者。故《論語》但云：『子不語。』此之謂也。陽不擾陰，陰必不擾陽，同居何害！即日命人遷居。翌日，内子下厨，視飯炊正熟。忽屋上數瓦墮甑中，啓鍋蓋見之。驚以爲妖，以告余。余曰：『此屋年深，屋瓦偶落耳。』是晚，余自衙中回，内子又言：『亂石子時時打入堂中，幸未傷人。』余曰：『此街巷中孩子輩學踢彈子，誤擲之。』言畢，又一石子落余懷中，余但笑曰：『孩子淘氣。』亦不理。翌日晚衙回，天已薄暮。内子又告曰：『適就圊，見一紅衣女子，其色如玉，登牆而笑。余問爲誰，即忽然不見。豈非妖乎？此宅斷不可住。』余漫應曰：『此鄰舍人家女子從未見過官家眷屬，故上牆相窺耳。』内子反詰曰：『何故忽然不見？』余佯怒曰：『無多言！嗣後有此等异事再不許來説，此宅吾居定矣！』遂不復聞。一住六年，陞官、出差盡在此房。於是乎談風水者，又言此吉房矣。故知見怪不怪，怪自不在。

吴松納狐

余門生趙希璜，慕王秋史『二十四泉草堂』，自稱爲『一百三十六峰草堂』，以集寄予。喜談异事，嘗云：『吴松者，東臺之安豐場人，家不中貲，修潔自好，與兄林同居。林先娶，苦屋逼隘。時松寄居於鹽艖，適林外出，薄暮方歸。過河干，聞松舟「吃吃」作女子笑聲，蓋東臺爲商民錯處地，利擅魚鹽，河内有名。爲網船者，二八妖鬟，鶯歌婉轉，脂流於河，香凝簾幕間。少年子率爲所誘。林素樸訥，懼弟作狎邪游，思有以窺之而未發也。次夜，復飲於鄰，歸值松寢，以舌餂船窗窺之，見床下有狐綏綏就他，一轉側間皮剨然而開，變作好女子，豔麗絶世。林大駭，即搶入艙，卷其衣納懷中。狐吱然號曰：「余無歸矣！」面色死灰，形弗能匿。而松已醒，狐愈羞縮，不能借詞。松睨之，淚熒熒交墮。林因松故，命輿人載歸，僞爲買於揚者，使婦伴與居。月餘，竟無他异，且善操女紅，嫂愛憐轉甚，勸林爲松納焉。婚後生子六人，今松已卒，而狐年九十餘矣，尚存。』

胡悦嫁女

江寧富人劉復隆子超，弱冠能文，補諸生，讀書廢寺，携老僕自隨。冬夜雪霽，月色皎然，超吟哦甚適，忽聞履聲起於庭際。方駭异間，倏見如蒼髯叟，笑曰：『郎君苦吟如是，不可無伴讀人。僕有弱息，年及笄矣，遣侍君子，何如？』超未及對，音樂俄喧，兩長鬣奴捧一巨襆爲施錦幔，獸爐燃蘇合香，青衣婢挈紅氍毹貼於地，嘩曰：『新人至矣。』超舉止失措，一婢揶之曰：『劉郎終是兒氣，即不聞天台有神仙耶？福薄人莫亂想啖胡麻飯也。』超微睨，女珠翠粲然，端坐青廬中，异香冶豔，婢遽出掩户。超問女：『何處神仙降臨塵世？』女自言爲狐，『今與君伉儷，然非禍君，能秘之，當朝去而暮來耳。』既而酣睡惛惛，東方告白，醒時鋪設一空，女去已久。老僕撾門，恍惚若夢，然竊戀其美，隱而弗言。向晚女復至，自此往還無虚夕。超日就懶悦，舊業頓廢。適他出，僕檢其几，得女遺釵，上嵌明珠如巨菽。大驚，袖釵以觀其變。日既夕，超歸，僕僞睡他室。夜闌往伺，見超方與女戲謔，急持釵奔告復隆。及復隆至寺中，一無所睹，怒詢女事。超以實告，因載與俱歸，鎖置別室。越數日，忽有款關投刺者，復隆方錯愕間，而叟已入，遽言：『賢郎與弱息已成伉儷，勢難秦越，當敬具薄奩於君家耳。』復隆茫然都不能對，唯唯而已。又云：『僕胡姓悦名，子孫繁衍，非單門寒族。年雖耄，然記新鄭旅店，讀《漢書》猶昨日也。』復隆又唯唯，叟忽起，曰：『明日黄道，宜嫁娶，可備彩輿迓女。』復隆又唯唯。叟去，復隆爽然，然懼狐之讐己，姑備輿以俟。次夕，叟果送女至，儀從之甚然大家。女沉静寡言，能預知年歲豐歉，常以人參餌超，大於兒臂焉。墨莊嘗言。

狐治妒

趙又云丁酉客於揚，居藏經院，偶言狐鬼。安豐場大使顔滄甫道其目擊詹兆駿事。詹與滄甫同官任鹽經歷，奉憲委解雲南餉。妻妾居室，妻虐於妾。忽聞空中作詈怒聲，一小石子中額，妻仆於地。群駭爲狐，紛紛避入房中。忽斗拱間有人言曰：『何物老婢，敢逞毒於我妹子，審是我必日擾爾家！』妻懼甚，匿帳中，忽床頂又有人言，曰：『爾毋恐爾，但視我妹子，我必不貽爾鴆毒，我亦留此伴妹子矣。』詹妻長跽久諾，遂於中堂設玄虛座，供以香花，祀以酒果。忽案上得錢三十文，以紅綫穿之，曰：『聊與庖婢作酬勞也。』婢投其錢曰：『我不稀罕，此儻來者！』狐曰：『爾既不欲，可與小婢某也。』居久之，與人款接，語音益楚楚然。忽漏半截青裙，旋聞蓮步瑣碎，因群祝曰：『仙人日在某家，何不一見顏色？』狐曰：『我偌大年紀，寧怕爾等見邪！我今在樓上，可窺也。』衆共仰首，見倚窗少婦，一笑嫣然，倏忽間已失所在。及詹歸之前一夕，謂妾曰：『我避舍去矣，爾丈夫明日歸矣。』

狐供酒

趙希璜言：惠州小西門有司門兵白某者，於午後上城門，見一白狐酣睡門中，因潛以繫腰帶作活套，叩其頸，忽抽之。狐頓作人言曰：『白某太急！予陝産也，與吾家皆是同姓，何相煎迫至此！且予因遊羅浮覲葛仙翁，渠赴崑崙小集未歸，故來豐湖尋白鶴峰予家舊址。今適逢爾，命也！但余知爾嗜飲，計每日得二百文，可在醉鄉度活。爾緩予縛，予日供酒貲可乎？』白從其言，縱之，與狐友者。近一年，衣食鮮肥，稱小康矣。

僵屍假稱貴妃

江陰某鄉有善扶鸞術者，值秋闈，伊邇里諸生於村塾中，請乩决科場休咎。漏三下，乩始運動，遂降筆曰：『妾太真妃子也。』群言以爲：貴妃國色天香，馬嵬羽化，著録《玉真》。又言：『七夕笑指牽牛，重結來生夫婦。傳聞异詞《長恨》等歌，都無足據，貴妃何不一見仙姿，明示十年疑案？』乩又動曰：『既諸生願見顔色，可於室内置燈，隔窗略開一隙，妾將以色身示爾等。』因戲相率如言處置，果見婦人端坐床上，面黧黑色，著青布衫，纏新帛，雙足翹然尺許。衆共駭歎，又弗敢排闥審視。迨曙色已辨，形影猶存，壯膽直入，則一僵屍存焉。衆大畏懼，方謀奔走，而隔村尋屍者適至。蓋初婚新婦，得急症卒，夜半失屍所在。因責問秀才齋中何得有死者屍，欲鳴官狀，衆議斂貲爲其祭葬，事始獲寢。

箕仙詩

世傳箕仙降筆詩，余言不信。癸未中，江唐生來京，自言能致之。一日同張丹崖集予椿樹齋中，請太白下箕作歌，唐素苦吟終日，纔能脱稿，至此一揮而詩已就，視香稍未及寸耳。其詩云：『春風習習入簾櫳，丈夫吐氣如潛虹。鬱積山崖出烟霧，飛來横我堂西東。李子翩翩出林鶴，凌雲直上清虚宫。天門九萬八千里，白鳥展翼一朝通。唐生抱負亦非淺，窮谷十年藏卧龍。風雷奔騰起倉卒，百族仰視誰能同。張君皎若三株樹，天涯海角看驚鴻。相隨彩鳳丹山去，月明無伴號秋風。九年風雨泉林下，十千沽酒不辭窮。朝來共集上林苑，木天署内誰英雄。我自翰林供奉日，每日醉卧酒糟中。一自歸去蓬萊島，人寰下視塵濛濛。白也何人相伯仲，唯有子美時過從。論交近今七百載，古道從來比霜松。鬱鬱澗底誰相問，風摧雨薄生青銅。青鳥忽傳書一紙，雲君相召欣相逢。太白先生不辭遠，飄飄疾下如飛蓬。春深三月桃李盛，陶然醉我酒千鍾。一斗百篇尋常事，再沽百斗呼鄰翁。我本謫仙子，君等亦仙侣。蕊珠宫裡宴群仙，一曲清歌醉不起。』後己丑丹崖兄檢討鶴林，殁於京師，始知其讖。

東山老人

有巨盜尾一老人，向夜入店，輒燈不息。將至都矣，垂涎囊槖竟弗能舍。值夜雨昏黑，盜自爲得計，而室中燈火如故，未敢遽入。接梯於墻，遣一人先上，良久寂然。復易一人，又寂然。盜騰身直上，但見老人秉燭觀書，侍者俱作酣睡聲。忽眉際白光閃動，雙刺墻頭，急翻身落地，一臂已墮。問之，東山老人也。

金剛轉世

瑞金羅有高，字臺山，少穎悟，有勇力。自言金剛菩薩轉世，長齋事佛。身纔中人，精悍善拳技。年十八游，父執粵東某贈以端州巨硯數方。舟人窺其裝重，行數日，維舟荒僻，以酒醉其僕。執巨斧自篷外劈羅。羅脚起，斧墮，群共入艙。羅或挽之，或推之，皆作乞命聲。羅笑開笥示之，衆且慚且愧。歲乙酉，以優貢生舉順天鄉試，春闈報罷，縱游山水。甲午北上，舟過匡廬，長老知其异人，留寺中敬事之，曰：

『君當今之活金剛也。』羅時欲游天台，而苦無資，長老贈以白鏹五十金，金皆上頒物，式异常制。至天台，以鏹易錢，爲捕役瞥見，疑所自來。值東省方捕犯王倫餘黨，因鎖錢肆。入詣縣，縣令驗銀式异，嚴訊，肆人以游山客對，於是下令捕羅。羅方倦游，坐松下，役尾之，知爲羅，以鎖自後套其頸，羅回首見數役持短兵，甚怒，以手擠一役至地，其人已斃。復撲其胸，又倏然氣蘇。群大駭，呼：『捉王倫餘黨！』執兵械前，羅略推掖之，皆盤旋地上，弗能動，狼狽奔歸，指羅爲妖人。邑令諭巡司，率壯丁數十人往捕羅。羅旋於差後，亦懼令之來追也，先自詣公庭，剖其來歷。途遇巡司前差，指羅，作弗敢前狀，聚觀者千百人。羅直上公堂，爲令窘辱，問羅：『何姓？』羅因忿甚，曰：『有姓！』問何名，問何所事，曰：『人耳！』問何故爲妖人，曰：『何所見爲妖？』令從於詞。適浙人邵吏洪過邑聞之，袖其文至縣，曰：『此瑞金羅孝廉也，爲某此作文。君誤吐拘良善乎？』令意乃轉。次日，温語謂羅，問其科分，方知乙酉舉人也，乃慚謝，厚贈之，羅不受而去。是秋，同邵北上，復不第，仍遍游名山，不知所終。按翻譯名義菩薩，别名那羅延。此言金剛以法身常住，如金剛不壞。故豈真其轉世耶？不然何以法身常住不壞也？

卷四

蔡守冥判

蔡太守予嘉必昌，清苑人，由山西徐溝令陞安徽泗州牧，再陞重慶，在官多异績，有神君之目。嘗言：『日辦民事，夜判鬼録。』凡省中未決大疑案，皆委鞫，無不曲得其情。乾隆五十八年，後藏有事，大將軍福公康安討平之。歸至城，予嘉來謁，至省中卒。聞白重署起程時，具衣冠，祭其先人，并與妻子泣別，曰：『余此去不歸矣，當備後事。』且言：『一二年間，東南有事，其損傷人丁百倍於後藏。冥司册籍，皆已注定，不能違也。』逾年，苗匪作逆，及湖北邪教倡亂，兵民死者甚重，皆如其言。予嘉年二十四時，肄業於京師之椒花吟舫。夜假寐，有隸來曰：『請公判事。』予嘉隨之至一井，隸曰：『下。』予嘉疑之，隸曰：『何害！』身先之，予嘉隨下，更緑色，有戴判官帽，儀從前導，仰視天宇，微有日色而陰。方行，見其前妻馳過，欲語不得，垂泣過橋，橋下多半體不全之人。予嘉曰：『判此乎？』隸曰：『非也，此皆已定案，尚有未定案者。』至一所，似刑部，中坐一人，王者衣冠，上堂揖堂上人，令紫袍而判官帽者，引至一所，曰『生死彌封司』，遂與叙坐。予嘉語以路遇妻室，不得語狀。紫袍者曰：『是將降生某處矣，時尚早，可招以來，但不可狎。』因予内室垂簾，招以來寒温數語。一姥曰：『不可久留矣。』婦遂行。紫袍者復來曰：『請判事。』取簿一帙置案上，曰：『拆此彌封耳。』予嘉視之簿，每人一頁，上下二層，上層頂邊有長方空，如齒録式而無字。下層注云：某年月日，生於某省某府某縣某街某村及官爵事業，皆詳載。末書『卒於』二字而空數行，其後皆圈，一年一圈，已過三年用硃塗，未過之年則空白。有損陰騭事則從後以墨塗之，注明爲某事減算幾年；有善事則增紅圈，注明爲某事增算幾年。人將死月前，拆彌封，彌封即在本人一頁中間，拆出曰：某人應卒於某月日某地，然後將姓名長書於上層長方之空行文各處。予嘉就案視之，舉筆如山，不過三五頁，已倦不可耐，落筆而醒，則身在椒花吟舫焉。其後或月或數月，一判約三年許一服紫。一夕拆彌封，見太夫人姓氏，大驚，急上堂跪懇。堂上人若無可爲力者。予嘉泣不止，令扶下而醒。急歸保定，太夫人竟如日卒。又數年，復判事簿書。旁午忽曰：『天帝過。』予嘉同諸判隨王者後伏地，見天帝輦自半空彩雲中行。方起，王者怒目視予嘉，曰：『有人告汝。』予嘉不解，上堂則一婦入，項間帶繩，訴其枉死，應抵命，胡僥免。有頃，一判曰：『事結矣。』王者謂婦人曰：『可勿恨。』予嘉醒，愈不解。適太翁至京城，予嘉曰：『家有事乎？』太翁曰：『無之。』予嘉曰：『有事涉女人而煩大人料理者乎？』太翁曰：『三月前，保定有女人羞憤自縊事。某懇我爲圖奸者求請得活命，余憐其事出無心，且惱其死，因緩頰得末減，然其人已死獄中矣。』始知女人之告爲此，其言事已結者死獄中也。《柳崖外編》亦載此事。

漢州城隍

漢州牧李公識蒙，河南夏邑縣人，由廩貢援例赴銓曹得安縣令，良吏也。乾隆二十一年，自安縣調署漢州，循循視事，是非得矣。夫必曲得其情而後止。在州時年已六十餘矣。有接見者，尚謙謹如處子，言語吶吶，不輕出諸口。莅任二載，卒於署。

臨卒前一日，有衙役忽狂叫，仆地氣絶。少頃復蘇，臂有杖痕，語人曰：『舊城隍張太爺陞任將去，新城隍李太爺明日到任。冥因以我不治街道，污穢太甚加責。某某有積惡，已遣人捕之矣。』後如所言。次日，李公卒。其言張太爺者，蓋前任張公，名皓，順天人，乾隆初年任漢州，清操素著，逾年死，貧不能□其棺，州人得之，爲之集金治喪，護送回籍。至今父老尚能言之。

塑龍行雨

灌縣都江堰口二郎廟，祀秦時蜀守李冰及其子二郎神，即《漢書》所載除水怪，鑿離堆，穿内外二江以灌溉民田者。至今香火不絶，甚著靈异。雍正十三年，蜀大旱，五月不雨，川西一帶田禾俱乾，不能栽插。巡撫黄公廷桂在省祈禱不應，親赴灌口，齋宿廟中。是夜，雷電大作，兵役在廟者俱見廟柱所塑雙龍遶殿而出，飛沙濺石，大雨如傾，終夜不止。至天明，視雙龍仍在廟柱，鱗爪俱帶有泥沙，通身水濕。階下有小溝一道，約五六寸，漸遠漸深，直出廟外，如蛇行狀。近江邊，則山岸掣崩數十丈。次日，合郡俱報沾足。始知神使龍行雨，力甚猛烈也。至秋，各縣豐熟，黄公爲重新其廟。

黑神廟

簡州署左有黑神廟，由來久矣。廟三楹，中設忠國榮禄大夫神牌。廟後有墓，相傳爲殉難大夫而不知名。凡新官莅任，翌日祀諸壇壝，必往祭奠，載在儀注，神累顯靈异，歲時香火不絶。或曰『神面如漆』，故曰『黑』，或曰『非也』。因威靈赫赫，故以『赫』名之，北音又訛『黑』焉。海市舶，亦争祀焉。簡志久失，其顛末無可考。乾隆乙未歲，有羅生雲程者，讀書其中，禱曰：『倘蒙神佑入泮，當爲神肖像。』科試遂售。雲程赴廟叩謝，夜夢神示像，語曰：『我爲保護城池，日夜捍禦，身死戎間，塑我像須着甲胄，以明我志。』雲程寤，遂募工，如所言肖像其中。署州牧徐公談以事入謁，見易主爲像，詫曰：『是神事迹無考，像從何而來？』吏以羅生所爲對。徐曰：『像可意爲之乎？』命毁其像仍還舊觀。二役持斧碎其像。須臾像圮，二役號呼扑地死。徐夜夢神語曰：『我宋時州牧也，廣積貯，興水利，惠政良多，今典册不可考矣。嗣元兵破城，執被不屈，遇害於西郊之岐山。某骸骨葬城南江岸，即今新城廨左墓是也。上帝憫我忠貞，命我血食兹土，已五百年矣。羅生肖像以示威靈，汝何任意擅毁？汝獨不聞《禮》云「有功於民則祀之，以死衛社稷則祀之」乎？二役我已褫之，汝後任宜自猛省。我名「大全」，《通志》訛爲「大會」，我謚「忠節」，舊牌訛寫「忠國」，均當更正。汝須爲我一一表彰之。』徐驚覺，爲重新其廟匾曰『宋李忠節公祠』，修大堂三間，中設龕帳肖像，中其匾曰『成仁堂』，添建左右廊四楹，兩棚一架，曲欄迴榭各隨屋之所之。視昔焕然改觀矣。徐思作一長聯以紀其事，因書有『必以告新令尹』句，數日屬對不得，忽夢神語曰：『何不云：「此之謂大丈夫？」』徐寤，驚爲絶對。遂書其聯懸於成仁堂柱，其聯云：『安輯撫循，班班惠政一再傳，不隨典册俱湮，必以告新令尹；成仁取義，赫赫英風千百載，猶與河山并壯，此之謂大丈夫。』徐，字牧也。修墓碑石，殘文適存『牧也』二字，喜曰：『數耶？抑神爲之耶？』於墓西拓地，復建憩室三間，匾曰『學古草堂』，四周爲垣，以肅神宇，并爲之記。

秦祖廟

德陽秦祖廟，祀秦子華，香火甚盛。子華，明萬曆間縣役，行三，俗號『秦三爺』。事縣尹焦公烺惟謹，素以公直聞。後解囚赴省，知囚負奇冤，遂私釋之，歸自縊於城南，死後屢顯靈异。我朝順治間，德陽西鄉人家凡有巨木者，咸夢秦祖化之建殿，且囑以方向位置。或樑棟或柱椽，皆注有定數，若運木稍遲，即有虎吼其門，人咸畏憚。不數月，殿成，名曰『歇馬殿』。聞殿將成時，秦祖忽付人言曰：『某村有窑瓦若干，需價若干，用人若干。每次每人運瓦若干，五次瓦盡足數蓋殿之用。』如其言，買運瓦片恰符其數，殿遂成。自是吉凶疾病，叩之無不響應。蜀中神付人言者，謂之『降馬脚』，一曰『降童子』，蓋神不能言，付人而言也。康熙年間，有人自稱爲『親祖童子』，言禍福甚驗，四鄉争出錢祈禱，其門如市。後聞於縣，縣令某拘之，至大堂，飭曰：『妖言惑衆，律有明條，汝敢爲此不法乎？重責二十。』其人負病，叩首求饒，令曰：『神安在？』逐之去。次日，其人泣訴於神曰：『秦神欺我。』忽神降，其人肘臂自穿七刀，奔至署。令聞之出堂，其人歷指令幽隱事，曰：『汝不自法，得責我！』令曰：『汝果神，能知本縣乳名乎？』其人拔一刀，擲於柱曰：『汝名爲劍柱，是耶非耶？』令首肯曰：『汝且回，吾代汝修，爲添建前殿。』成都陝西街岱廟内亦塑有秦祖像。乾隆四十八年，有應童子試者數人，在廟肄業。臨院試，各市雞酒賽神，有崔景顥者，亦在廟讀書。薄暮，醉歸，見之怒曰：『汝等無知，於此邪神瀆禮亂道。神果有靈禍我，我自當之。』是夜，景顥遂病。景顥本成都知名士，以童子肄業錦江書院，爲李制軍世傑所深器，縣府試俱第一，自負拾青紫唾手可得。不虞臨試忽病痢，日夜下不止。同舍生憂之，束手無策，私約禱於神，曰：『但得崔生病退入場，謝神。』次景顥果愈，至期入場，領卷就。顥神氣奄奄，因卧不醒。至日西旁，號生呼之覺，曰：『衆已交卷，何長眠？』景顥睁目，知日已沉西，遂交白卷而出，榜發無名。制軍聞之，索卷，見無一字，大恚。景顥云：『谷兄，扶九門下士也。』後歲試，始入庠。

白公异績

白良玉，字田生，梓潼人，有智計。時土賊爲害，畫策捍禦，鄉鄰賴以庇護。順治甲午舉於鄉，康熙七年任山西高平令，減浮耗，除離雜徭，善政累累，審案尤多不測，有『包龍圖』之稱號。歷七載，以廉能行取考授科員，抵京卒。高平人呈請刻石以紀其績，記其數條云：初任高平時，偶出城外，有風捲塵旋遶轎前不去，曰：『汝有冤乎？第前往，吾代汝伸冤。』命二役隨旋風所向蹤迹之，至山中，過重嶺，轉微徑，至一深井，風息。二役回報，白親往驗，使役探井，中有枯屍在焉，肋下骨折，刀痕宛然。喚山中居民查問，俱不知顛末，釋之。回至儀門，轎前傘忽爲風所折，問曰：『此何風？』役曰：『正南風入署。』遂出票，拿『鄭南風』。役稟曰：『「正南風」乃見風氣南來，隨問隨答，非真有其人也。』白不聽，叱之去，限十日不獲，重比。役持票四訪，并無其人，懼逾限受責，逃至鄰縣躲避，適村莊演戲，有醉酒歸者，旁一人呼曰：『南風哥，可同往看戲麽？』其人擺手而去。役問呼者曰：『此何人？』曰：『鄭南風。』役即告知其地鄉保，協拿送縣，鞫之，自供五年前因圖某財，誘殺之，起獲兇刀，比對傷痕，俱屬相符，遂正其罪。

又一日，下鄉踏勘民田，雪後見四境皆白，唯路旁地中有寒粟一苗，高一二尺許，莖葉甚茂，旁無積雪，心疑之，曰：『天寒地凍，百草皆枯，此何獨茂也？必有故。』

使人掘之，下有屍一具，寒粟從屍口生出。問之地主四鄰，俱不知屍來何處，兇手何人，因以疑案置之。回署，終不能釋，尋思數日，曰：『此必「韓穀生」所爲也。』秘遣幹役訪拿月餘，并無蹤影。役將歸，至其店投宿，向屠家買肉二觔，以補宵夜之用。其人割肉一方，即交役持去，役曰：『盍秤之？』其人曰：『汝不聞乎？「韓穀生」割肉不用秤，我即「韓穀生」。何秤之有？』役即拘屠至，詢之地下屍，果屠所殺，遂論死律。

如又陽城縣高家莊農民高秀娶妻王氏，年餘，夫婦頗相得。一日，秀在地力作，王氏送飯往饁，秀飯後暴卒。投縣，往驗，周身青黑，係中毒身死。秀父遂稱媳有外交，送飯置毒所致，令信之，拘婦至，再三榜掠，遂誣服。及解司，旋審旋翻，委他縣研鞫，終不承認。司以案無確據，頗疑之，復提訊，婦曰：『死不難，但殺夫之名，死不甘心。耳聞高平白縣主明察如神，得伊一問，民死無恨！』因司委白，白帶婦回高家莊，細勘情形，問送飯時有無酒肉，曰：『無酒，唯烹雞煮羹，同飯并送。』白令仍照前法煮雞羹，送至原處候看。時天氣熱炎，至地旁大柳樹下。須臾，見有大蛇從樹隙中出食雞，毒流湯內，湯成霞白。白得之矣，以雞飼犬，犬立斃，因殺蛇。具詳，婦冤得釋。以上各條皆异政也。

周孝子

涪陵周海珊先生煌，乾隆丁巳進士，授翰林院編修，歷兵部侍郎，晋工部、兵部尚書，上書房侍直，賜紫城騎馬，予告贈太子太傅。卒賜祭葬，謚文恭，崇祀鄉賢。子七，長宗岐，乙未進士，翰林院編修；次興岱，辛卯進士，翰林院編修，現任禮部侍郎。餘俱孝廉，文名籍甚。蜀中稱門第者，首推焉。臨卒前數日，謂其子曰：『「萬惡淫爲首，百行孝爲先。」雖老生常談，却人人宜奉爲箴銘。吾家自先光禄公，身被鱗傷，救父於流賊之手，純孝動天，後世得邀餘蔭，人固不知之，至我一生遭際聖明，克享□禄，豈天之獨厚我歟？其間亦自有故。曾記年十八時，同友三人讀書江村，值中秋節，友俱回家，獨予在館。夜静，桂香滿庭，月明如晝，因出户玩月。忽見一人走入卧室，立帳後，予疑爲賊，近視之，鄰女也。問之不答，予曉之曰：「夜静無人，來此何故？汝家祖父俱詩書中人，汝夫家亦體面人家，倘一失節，何以見人？」女泣，予復慰之，曰：「此時并無人知，汝第回家，我斷不告人，壞汝名節。」女叩辭去。數十年來，予未嘗一泄其事。今老矣，故爲爾輩言之，使直暗室中俱有鬼神，一墮孽淵，必遭冥譴，此等處不可不慎也。』所云救父者公祖儼，康熙庚午經魁。流賊姚黄十三家亂蜀，時儼父爲賊所劫，備極楚栲。儼聞信奔救，身被鱗傷，百計哀懇，賊爲所動，卒免於難。世稱『周孝子』，追贈光禄公。

卷　五

岳公數學

岳襄勤公鍾琪，字容齋，成都人。官至川陝總督，加太子太保，進爵威信公。其先秦之莊浪人，以父蔭襲職，歷官至川省提鎮，遂家於成都。剿平川陝沿邊諸番寇，威重華夷，邊民懾服。恩眷隆重，列鎮幾三十年。曾用兵西藏，擒斬僞藏王達克咱等。達賴喇嘛謂公係韋馱轉世，極加禮敬。每元旦後，必遣番僧三百人至成都拜祝，歲以爲常。其殁也，以忠州陳昆邪教倡亂，日夜擒捕餘黨，至重慶卒。上震悼，諡恤有加，云：『公榮狀奇偉，食飲兼人。尤工吟詠，每邊塞諸作，多慷慨悲凉之音。』及退居林下，寄情花鳥，又復神似放翁、石湖諸君。先出征青海十八部落，自二月八日出師，至十六日遂搗其巢穴，悉就蕩平。其主帥皆曾封王爵者，故述懷詩云：『出師不十日，生擒十八王。』蓋紀實語也。

公精數學，動必先知，凡出師安營，一切皆自爲指畫，故風捲雲馳，所向披靡，不勞而奏凱，由成算在胸也。丙辰赦歸後，種菜於成都之百花淵。偶登望江樓，題曰：『安得邊關休士馬，擬將蓑笠老翁漁。』蓋逆知上將詔用，故語次及之。未幾，王師征金川，復起用。詔書未到前一日，公謂高夫人曰：『明日有旨命我統兵西行，我此刻前赴金堂祭墓，明日趕回。』次日，詔書果至，公奉命即行。時公已閒居十二年，兵不將習，所領又多成都新募之卒，不嫻步武。公贊以法，營中苦之。行至黨壩，日已薄暮，忽密令將士三十人，前往某隘口守候，曰：『今晚有賊七人從此路來，汝等往縛之。』至三鼓後，果縛六人至，公曰：『尚有一人。』衆以爲未見，命鞫之，賊稱同來者七人，途中一墮崖下，祇剩六人，衆始驚服。又師至雪嶺，士卒已疲，公促之行，曰：『必上山頂，始可安營。若稍遲，賊踞其頂，百攻不克矣。』甫上，賊已蜂擁至山腰，飭鎗銃箭弩，百道齊發，賊死無算，遁去。公笑曰：『此初出茅廬第一功也。』嗣是，將士視爲天神，凜凜用命，公之前知類如此。

借屍還魂

漢州漢陽橋徐廷修有女名玉英，爲本邑生員王鍾之子媳，結縭三載，病死。又三年，徐鄰黄君任有女抱病沉重，氣息奄奄，將就斃矣。是夜，延巫禳解，鑼鼓齊鳴，黄女忽起坐床間，問曰：『適從外來，見吾弟徐煌在堂中看跳神，何不到屋裡看我？』舉室皆驚曰：『女病退矣。』但口中糊言，不解何故。其母問曰：『徐煌外人，何言汝弟，叫來看汝！』女曰：『我徐廷修女也，小名玉英。頃吾祖徐貢爺乘白馬一匹送我至此，叫我附黄妹身還陽，我到堂前見衆人裡有吾弟徐煌，故叫他來看我。黄妹魂已出門去矣。』徐煌者，廷修幼子，適在堂中，聞言入視，女曰：『我不見汝已二十年矣，爹娘近來何如？』涕泗交横，煌不敢認，曰：『且安息，明日請爹娘來看。』女起立下床，行動一如常人，病態全失。次日，廷修偕其妻周氏往看黄女，聲音動止一如玉英在日，見廷修夫婦泣曰：『不見爹娘已二十年矣，豈料今日復有見面之期，言之可慘。』徐未聲應，謂周氏曰：『母親獨不記我前年回婆家時留首飾耳環一匣，交母親代爲收藏乎？此事唯母親知之。』周氏聞言亦泣曰：『果吾女也。』遂認爲義女，往來無間。後年餘死，事在乾隆三十八九年。

扶乩三驗

乾隆戊寅冬，王心齋純一、吕宣茂林與漢州張崇修仁榮，同肄業成都石室，聞扶乩者言：『吕祖靈异。』三人往問一生功名，各得詩一首，王云：『光天化日，正好吟哦。種麻得麻，不慮蹉跎。馳驅雲海，寄興巖阿，前程如漆，君自揣摩。』吕云：『讀書好，讀書好，讀書之樂真縹緲。蟾光光照緑荷衣，會見香風拂瑶島。長安得意雁南翔，方識仁親以爲寶。』修云：『世載風光竟如何，鑒湖一曲杳烟波。知章殁後無人識，蜀道難分未足多。』次年己卯，王就吴姓館，見館有『光天化日』四字春額，喜曰：『乩驗矣！「種麻得麻」，春播秋收，將應在本年。』是歲果中。丙戌挑發安徽，借補池州府經歷，調繁淮寧，檄委六安州，『馳驅雲海』云云俱驗。後以事被參，繫獄十載，奉旨釋還，始知『前程如漆』指入獄而言，非虚語也。吕爲人風流瀟灑，中壬午鄉試，入都考授景山教習。丁亥秋，期滿赴銓，將得缺矣，忽病死旅邸。時太翁猶在細繹詩語，一一皆應。崇修累試不第，至甲寅乙卯鄉會試，始以年老入場，題奏欽賜翰林院檢討，計戊寅請乩時，已三十六七年。三十載風光，適與暗合，且太白以知章薦授翰林供奉，仁榮以孫中堂補山薦授翰林檢討，皆以浙人薦舉蜀人事亦相類。

土地充軍

富順縣皂隸某，其妻忽爲邪祟所憑，時獨處一室自言自語。久之，漸與隸不睦，隸疑其有外私，笞之，妻曰：『我非能主，乃西湖塘土地所爲也。』一日，隸與妻同□，似有穿靴人用脚踢之墮床下，急起搜捕，并無人影。隸怒不能平，控於縣。時漢陽程公煜署縣事，批准拘究，一面牒城隍。一面差役將土地拘鎖，抬至城隍中，責之曰：『爾身爲土地，强占民妻，罪干不赦，重責四十，押令充軍飭役。』將土地推倒，擊其股四十，身俱粉碎，并飭將碎土投諸大江，以當充軍，怪遂絶。

鄧新惜字

漢州南鄉居民鄧新抱病家居。一日，忽聞門外有剥啄聲，啓户視之，見二役立門首，曰：『衙門傳汝。』新隨二人前行，途中樹木人家均與平時所見無异。唯至城門，甚卑狹，俯身始入，至衙前，殿宇巍峨，不似舊時州署，心竊疑之。一人先入，少頃出曰：『此案今日不審，帶至廠中暫候。』二人將新帶至一處，甚寬大。日色已暮，廠中人甚衆，或三四或五六，燈燭輝煌，彼此聚賭，略如賭場，亦有賣吃食者。新腹已餓，惜囊中無錢，竟不得食。久之，忽一人至前曰：『衙内傳。』二人挾新至，見殿上一官峨冠正坐，兩旁書待侍立，帶審人衆以次傳入，有識者有不識者，到案數語即定，各持物而去，唯騙人銀錢者，飭令償還，多授以牛馬犬豕等皮，其人亦持而去。次及新，旁一書吏曰：『錯矣。此人陽壽未盡。』呈册案上，新見册中伊名下注有『平時惜字，延壽一紀』八字。官曰：『傳者鄭新，何故誤拿鄧新？』二役以不識字對。官怒，各責四十，飭令送歸。二役送至城外，一河前横，迥非來路。新不敢渡，一役從後驀地一推，新覺前扑，大喝一聲，遂甦，身卧棺中已二日矣。蓋新聞聲出户時，身已氣絶，家人撫摩，止心坎微温。次日，入棺將殮矣，忽聞喊叫，舉室驚視，方慶更生，新曰：『我甚餓，即取粥來。』食罷，問曰：『速看鄰人鄭新如何？』遣人視之，則已死矣。

塔井

乾隆乙卯春，漢州西門城外市房後掘得一井，深數丈，形八方，悉琉璃磚砌成，每磚長半尺，廣一尺許，面刻三塔，每塔三層，每層中坐一佛像。塔外花草穿聯，玲瓏透漏，幾予鬼工，色黄如金，由井底層累而上，天然渾合，無斧鑿痕，一時觀者如堵。數日，聞於州署。州牧李公識蒙往觀，亦不識所由。適治東牛王廟旁失火，延燒鋪户或疑爲開井所致，飭令填毁，井遂廢。予考，明初屬獻王分藩成都，奉敕宫殿牆予均用琉璃，然色係青緑，與此不合。唯五代孟昶，至屬驕奢踰制，修造驚奇，擬於王居。《丹鉛録》載，昶曾於雒濊置一花園，文石奇品無所不至。今漢洲北路與德陽交界處，尚有皇莊八角井等名，疑此井亦其時鑿也。

將軍墳

漢州金雁橋西有大塚，俗呼爲『將軍墳』，蓋漢臣張任戰歿瘞骨處也。乾隆初年有粵東某謀葬吉地，將其父骸攢裝瓦罐，潛埋墓下。夜夢其父責之曰：『汝將我安置張將軍墓旁，將軍每出入，令我跪道伺候，苦不堪言。不急改遷，必得巨禍。』子初猶豫，翌日復夢其父切責如前，遂遷去。

徐都堂墓

中江戴孝廉文弼，邑巨族也。居囤子溝，與徐都堂英墓相近。徐都堂，明宣化大同總督，杞邑名志，子孫遠徙，久無省墓者矣。戴母死，欲求吉地，有地師以都堂墓示之，遂擇日葬墓前。實斜穿隧道，送壙入中也。葬畢，人無知其穿壙者。一日，文鼎自書館出，見烏帽紫袍一髯翁，叱曰：『還我腿來！』忽不見，文鼎心悸。至暮，寒熱交作，遂患腿疼，漸腫漸如漸，踰月死。文鼎兄文旭有子二，自幼聰慧，丰姿美如冠玉，咸以清班人物目之。年十七八，俱病癆瘵死。未死之前，文旭聞德陽玉皇觀有降神童劉姓者，能知人禍福。往訪之，劉外出，文旭往市肆，未嘗告以來意。候三日，至夜半，劉始歸。着人於市肆得文旭，告曰：『汝家葬母，鑿損名墳，地神降殃汝子，已不可救矣。不還，禍更巨。』文旭歸，急遷其墓，後存一幼子。

南臺寺三佛

都城南關外南臺寺，殿宇崇隆，中塑釋迦、如來、彌勒三佛，兩廊房屋甚寬，可容多人。明末，獻賊寇蜀，踞爲將臺，寇平後，仍招僧住持。乾隆三十七年，金川之役，設火藥局於此，命弁兵守護之。一日不戒於火，燒及所貯火藥，驀地一聲，山岳俱震，烟焰彌天，沿城内外居民皆被震扑地。寺宇無存，樑椽沖飛十數里外，寺中人盡齏粉矣，唯三佛仍仍巍然，端坐無損傷。一時見者驚其神异，重建新寺。

金堂峽水怪

金堂峽即古沱水也，大江自灌口都江堰分由，流崇寧、新繁、新都至金堂趙家渡，與綿洛諸水，匯而入峽，書所謂『東别爲沱也』。乾隆九年甲子六月，霖雨十日不止，河水泛漲進峽。居民入夜遥見，峽口有物堵塞，似巨燭插水中，光照山谷，水遂不流。趙家渡以上三十餘里，積深一二丈，淹没人家無算。次夜，陰雨迷濛，烈風大作，忽霹靂一聲，燭光頓滅，積水澎湃而下。至天明，江岸俱出矣。疑水怪被雷擊也。

地震

乾隆五十一年五月初六日，川省地震，人家房屋墻垣倒塌者，不一其處。初震時，自北而南，地中仿若有聲，雞犬皆鳴，缸中注水多傾倒而出，人幾不能站立。震後，復微微作忄亶忄亶已，移時復震，如是者數次，自午至酉方息。臨息時，成都西南大響三聲，郡皆聞，不解其何故。閲數日，傳知爲清溪縣山崩後，擁塞瀘河，斷流十日。至五月十六日，瀘決，高數十丈，一湧而下，沿河居民悉漂以去。嘉定府城西南，臨水沖塌數百丈，江中舊有鐵牛，高丈許，藉以堵水者，亦隨流而没，不知所向。沿河溝港水皆倒射數十里，至湖北宜昌，勢始漸平。舟船遇之，無不立覆。叙瀘以下，山村房料擁蔽江面，幾同竹排。涪州黔山亦崩塞，由山底洑流十餘里，始入大江。其時地震，川南尤甚，打箭爐及建昌一帶數月不止，官舍民户俱倒塌，被火延燒，無一存者。至八月以後，始獲寧居，雲谷曾爲余言。

桂柏老人

雲谷言：余丙戌挑發河南，寓汴之書店街旅舍。一日，有客叩門，年約四十許，稱係同鄉要見，延之入，問其居里，曰：『某定海將軍李扁頭之胞弟也，本合州人，遷居成都已七十餘年矣。』予憶李將軍良棟乃國初平耿逆有功受封者，殁已百年，何得指爲同胞兄弟，言太不經，因問曰：『尊齒幾何，現住何處，作何生理，來此何幹？』曰：『予今年一百三十五矣，雲游四方，住無定處，往來嵩山、武當、武夷山中，時入市賣藥救人，偶於途中見公可服丹藥，故來相訪。』余益疑爲騙客，辭之。臨去，曰：『公即不服藥，亦急流勇退人也。』遂去。予略不以爲意。又十年，如來兄自京邸歸，言在京見一异人，自稱李將軍之弟，能祈雨。其時大旱，江西正一真人奉敕設壇祈禱，數日不應。額駙福公隆安以李奏聞，命下，敕令設壇，即日甘霖大沛，四野均沾。上喜，厚加賞賚，辭不受，賜號桂柏老人，并賜二品頂帶以榮之。李曰：『我出山，本意救人而獲此殊恩，亦殊數也。』在京住數日去，問其年齒相貌，則予汴城所遇者也。始知向與予言實語，而余誤疑爲詐，遂覿面失之也。又聞李在京時，善擒烈馬。每秋後，馬販入都，人不能馭者，延伊擒之，伊跨馬背，任其闖坡奔澗，控縱自如，觀者無不色變。逾時，馬疲汗下，性自馴擾，俯受羈勒，不知何術也。

卷　六

桓侯顯神

保寧有張桓侯廟，甚靈异。獻賊攻保寧城，夜出巡壘，見一大黑人，高數丈，踞城上，手持長矛，足浸江中，驚怖失聲，如是者三夜。獻詢知爲侯神，望空遥祭而去，一城獲免。

孫相撈銀

彭山縣江口係明季參將楊展破獻賊處。相傳獻賊聞展兵勢甚盛，大懼，率衆千萬，裝金銀財寶數千艘蔽江而下，擬入楚。展逆於彭山之江口，分左右翼衝拒，而别遣小舸載火器，以燒賊舟。兵交，風大作，賊舟火起，展身先士卒，殪前鋒數人。賊奔潰，反走江口，兩岸逼仄，前後數千艘，首尾相銜，驟不能退。風烈火猛，勢若燎原。展急登岸促攻，鎗銃弩矢，百道齊發，賊舟盡焚。士卒糜爛幾盡，所掠輜悉沉水底。賊平後，居民時於江底采獲金銀，多鐫有各州名號。乾隆五十九年冬，漁民獲鞘一具，報縣，轉稟制軍孫相國補山，飭令派官打撈數月，撈獲銀萬兩，有奇珠寶金花多不一，然江闊水深，集夫淘取，費亦不貲，尋報罷。

錮金燒柱

獻賊自江口敗還，勢不振，又聞王祥、魯英近資簡，決江川北。將所餘蜀府金銀鑄鉼，及珠玉等物，用法移錦江斷流，穿穴數仞，填其中，因盡殺鑿工，土石掩蓋，然後決堤放流，使後來者不得發，名曰『錮金』。又盡毀宮殿，隳砌堙井，焚市肆而逃。時府殿下有盤龍石柱二，名擎天柱。賊行，取紗羅等物雜裹數十層，以油浸之，三日後舉火，烈焰沖天，一晝夜而柱折，如此暴殄天物，可謂奇矣。

周鼎昌擊賊

周鼎昌者，夾江南安鎮人也。獻賊據蜀之三年，丙戌春正月，僞撫南劉文秀，率兵十萬，由丹陵洪雅入夾江，欲搜西山諸路，并剿峨眉。督師王應能聞之，搜鼎昌副將，給兵千餘，俾間道授鄉井，比至賊壁青衣江連營三十里，警斥候構浮橋一座跨江面，去南安一望矣。鼎昌急豎柵，刳大木爲炮，隔岸飛擊賊，云斃賊人馬甚衆。又編亂草爲筏床，若蓑笠，大數圍，蓬鬆散漫，而隆突其頂，頂中空，旁貫以繩。擇善泅百人，人與一筏，佩鈎腰鐮，藏首空中，繫繩於臂。入水，筏浮其上，人浮其下，遠望如敗草漂流，不流有人也。近浮橋百人者齊用鐮，截絡而以鈎，分伏浮橋旁，守橋者盡溺。賊覺，急射之矢，格於草不能入。餘兵分爲二，隔於兩岸，具浮人兩岸者，鼎昌促爲攻之，斬獲無遺。賊不得志，奔還，合邑賴以全活。

羅仙

羅莭，丹陵人，有异術，能役使鬼神，言風雨禍福必驗。鄉人奇之，喊呼曰『羅仙』。明季歲大旱，自春至夏不雨，屢祈禱不應。或以莭告，令遣役召之，莭曰：『召我何爲？』役曰：『祈雨耳。』莭曰：『他事則莭當應命，若祈雨，必以禮至。』役以莭言告令，令怒曰：『若吾民，敢傲耶？』既而曰：『吾爲兩計，暫禮之。』令役備車幣以迎，語曰：『若能祈雨，吾敬若；若不能祈雨，吾笞若。』莭已知令意。及至，與令抗禮，令拂然。卒問曰：『若能祈雨乎？』莭曰：『能。』時方停午，烈日如焚。令曰：『似此欲雨良難。』莭曰：『易耳。公試建臺城下，高二丈許，官民衣冠羅列處伏，莭祈之，可立至，不然不能必也。』令熟視莭良久，乃從之。於是，莭登臺，披髮仗劍，直指東南，呼曰：『雲至！』雲驟集。又呼曰：『雷至！』雷果震驚。須臾，雨傾如注，溝澮皆盈。令及諸耆老衣冠盡濕，起視，莭已渺然不知所往矣。令以是奇莭。至我朝定鼎初，莭年已八十餘，矍鑠如壯盛時。一日，語其徒曰：『某月日，吾當與汝輩訣。』及期，無疾而卒。

廖氏

廖氏者，江津縣民戚成勳婦也。成勳僻居山中，值獻賊變，倉皇奔竄，廖弱不能從，不得已，置之去。廖堅閉重門，自誓以死。遲數月，賊不至，倉中積穀頗饒，資以食數年。荊棘叢生，蔽其宅，遂與外隔耳。其後食漸不繼，向宅池邊種穀，繼之以草爲衣，四十餘年亦不知成勳之存亡生死矣。成勳竄入黔中，久之，别娶某，生子二人，年六十餘歸訪舊里。是時，天下甫定，川中地廣人稀，田園半没深箐，虎豹豺狼出入縱横，人迹罕到，無從覓其故居，但識其處而已。因倩人力持斤斧，斬竹伐木數日，望其宅頹欹尚存，大樹如圍，自屋中出，微烟出没。异之，固不計其妻之存也。及近宅，廖忽從樓上呼曰：『汝輩何人？』成勳惶怖失色，厲聲曰：『我此宅主人戚成勳也。』廖窺視良久，覺衣冠迥异昔時，而聲音容貌仿佛似其夫，泣語曰：『君歸耶？妾，君妻廖氏。可將君身餘衣裤與妾，得蔽體相見。』成勳怪之，然聽其言似非無因者。即解衣，擲樓上。須臾，廖氏自樓下，面目黧黑，髮亂如蓬，成勳恍惚莫辨。廖備述其由，夫婦相泣如再世人，遂偕出，擇地而居。復自黔挈其妻子還，年各九十餘始卒。

兩館師

嘉慶二年七月十五日，余假館師李孝廉含章，不知何故遁去。後張玉溪至，亦言李元芝家館師亦於是日遁去。合計到館日期皆正月十五日，兩館來去不約而同，亦奇事也，豈入宅日不利，如《論衡·説日》所謂『不擇吉日，不避歲月，觸鬼逢神，發病生禍』歟？抑弟子待先生尚未恭且敬也？曾記《北窗瑣語》載：江南士人王姓未第時，嘗設館吴下，作《屈屈歌》自歎，歌云：『屈屈復屈屈，仰天難訴乖造物。人皆讀書多顯達，何我讀書成抑鬱？歎惜吾年二八時，優游學讀詩與書。初心祇説教書好，誰知教書無了期。人生百年無幾何，在家日少離日多。春來倏忽赴東館，歲暮欲還猶蹉跎。今年已去復明年，寒氈冷凳俱坐穿。寂寞一飯小窗下，冷落三杯孤燈前。先生學問且莫論，主人供膳難云云。一願先生不嗜酒，二願先生不茹葷。先生更莫出門首，出門惟恐招朋友。友人不覺尋訪來，欲見主人如泄柳。先生先生獨坐悶，始得虚名依本分。有時散步舒精神，主人遂爲輕薄論。愚頑之子功難成，晨昏費盡千萬情。河東獅子反不足，拊兒隔壁高聲爭。先生教法纔放寬，責人責備無交歡。平天冠往市中買，馮驩鋏向誰家彈。物薄禮微爲束脩，受他便作無罪囚。鳥不高飛遽入籠，魚不遠躍輕吞鈎。束脩況復多虛花，秕穀腐米如丹砂。輸租償債兩無用，此物如何能養家？此恨綿綿怎生過，此心錯用將奈何？年年去教他家子，自家兒子誰琢磨？漁樵耕牧俱有樂，不在天禄不在爵。早知教書反不如，絳帳皋比盡拋却。何處可覓孟嘗君，天下賓客徒紛紛。繆公無人子思側，子思不能安其身。《屈屈歌》《屈屈歌》，寫不能盡情何多？街頭紙價一日貴，墨池蘸盡春水波。君不見，鍾子期逢何遲，高山流水誰能知？又不見，楊得意在何地？飄飄自負凌雲志，先生自此永相别，收拾清風與明月。長揖主人出門去，回首無勞再相謁。』此歌曲盡教學情態，武城人待先生當不如是也。

月忌無害

宋術士楊救貧習堪輿術，爲時所推。其定制，一年有十五日，百事禁忌，名曰

『月忌』，有『初五、十四、二十三，太上老君不出庵』之語，故忌者尤多。余有養子徐陞官，以嘉慶二年閏六月二十四在綿竹祥福寺逃亡。初意以爲私歸三堆壩，藏於親戚家數日，當有親人送來，命人勿攆。至七月三十日，始聞曹家庵姓黄人言：曾在彭縣母猪沱遇見，爲巨匪吴長子拐去。吴者，余逐出匪也。誆至省城，給以開鞋鋪，其實利其身帶金錢珠寶也。大駭，拍案曰：『稍遲，此子不能久也。』遂決定於十四日自帶十人赴成都，命王兆祥帶人走彭縣。兆祥謂余曰：『十四是月忌，恐不利。』余曰：『古人云「紂以甲子亡，周以甲子興」，固無害也。』遂毅然出門，臨行用『壽世保元縱横法』——用水一碗，以箸四根爲縱，五根爲横，咒：『四縱五横，吾今出行。煞神避道，蚩尤避兵。盗賊不得近，虎狼不得侵。求財得財，求人得人。急急如令，太上老君敕敕！』畢咒，擲箸潑水於地，即不回顧。至十五抵省，十六遇李姓，言：『在雙流周逢元店相會。』即於是夜三鼓到雙流，聞吴匪以同日先拐陞官進城。十七，見雙流府鍾明府逢泰，余甲午科所取門生也，告以故，即差幹役楊林、文藻連夜賫印票，帶周逢元進省緝拿。於十八日入城，至準提閣先獲吴匪隔山弟謝麻子，名明友。尋至水東門，吴匪表姑娘鄧江氏家，云：『十八已出北門。』即於十九抵北門而出。時吴匪已聞余進省，方欲入城打聽，適遇楊林、文藻等出城，當即鎖拿，隨押吴匪至北門大橋外卡房江家，起獲陞官付余，將吴匪鎖至雙流，先掌責二十，後用檀木棒椎羅拐六十，寄外監，并起出所招金錢、衣服。是役也，計十四至十九，疾行甫五日，即得吴匪，尋回陞官，又叨鍾明府，以老師生久不相晤，後贈五十鎰爲贐而歸。不但得人而且得財，所謂『月忌』之説，亦未可信也。初，余進省於棉花街，匆匆覓一官店，未問何名。至是得陞官，乃觀招牌，始知爲『德陞官』，寓『德者，得也』，信凡事皆有前定也。

羅義

羅義，綿州之南村人，父兆鼇即吾外公也。生三子，長超，次玖，三即義也。超、玖皆慤謹，獨義不治生産，任俠仗義好奇術，每爲人報不平，二兄皆惡之。幼時有老喇嘛至門求食，義怒其腌臢，逐之不應，以石擊其額，流血滿面，喇嘛遂卧地號冤，作死狀。義悔，扶至家，厚待飲食爲謝前罪，喇嘛曰：『無妨也，速以水來。』義以杯覓水與之，喇嘛咒水而自塗其痕，頭皮遂如故。義神其術，出斗米求之，遂密授其訣，謂義曰：『此鐵牛水也，以濟人則可，不可以自利，自利則不得其死也。』遂去。自後鄉里有患跌折金傷者，醫之，無不立驗，瘍瘡癰腫并能治之。吾母吴太夫人患乳巖，火赤焮痛，飲食不進。延請義視，咒水噴乳，便不知痛，以佩刀割其腐肉，遂愈。又善變化之術，以小石置杯中，蒙以帕，咒之，啓視即成小銀錠。先君石亭公授徒觀音寺，寺前有陳五店，共試其術，始見滿杯皆石，去帕則皆銀也。陳以爲真，盡納之懷中，探之則又成石矣。義笑曰：『此未爲奇也，櫃筒有青蚨，經我一摇則盡入吾袋。』陳不信，先傾筒錢，記數復入，使摇，方聞響而筒空矣。陳五甚急，義出袋，其笑曰：『錢在此也。』數之，毫釐不爽，先君奇之，因延飲，歎食無魚，義曰：『可得也。』以紙條蘸水，斷爲二，投碗中，啓視則雙鯉宛在水中，鱗鬣皆具似新水出者。曰：『盍烹乎？』義曰：『不中烹也。』傾之於地，仍成紙條，爲之哄然。一日見君殺雞食，義曰：『見何故殺生也？』以手逗其頸，接之，咒畢，雞復活飛去，其神异如此。然義自有術，不畏刀棍頗多，以剸殺爲能，非數十人不可近，或見研傷，即自水咒之，平復如故。前後傷人無數，兩兄患之，曰：『我終不以一人累兄也，然既嫌我，我豈爲周處貽害鄉里乎？』遂去，不知所往。

癸酉，先君宰浙之餘姚令，余奉母買舟，由涪開程，一日至重慶，上岸登酒樓，則義在焉，問余曰：『汝來時，曾聞州中有人殺七刀尚活否？』余曰：『不知也。』後至豐都，復見之，并給余費，別曰：『君去，余亦歸矣。』後余官京師，聞義殺人前案發，爲孫令法祖所獲，以印鉗其足，夾之幾斃，置鐵牢中者屢年。先是，縣有保甲黄德祥者，數見信於孫，多剥民脂膏以邀官寵，鄉人呼爲『黄虎』。義之殺人而遁也，經一年事已息矣。黄知其歸，密爲孫耳，又密爲捕，因故獲義，以故恨刺骨。逾年孫去，會赦出義，百計覓黄，黄巧避之，終不敢出矣。

己丑，余自京丁父艱歸，見義於花街，以舅故登拜堂見之，見精神如昔，而脚稍躄。問其故，目光炯炯似大不平者。後戊戌，余服闋，補官提學。廣東鄉人有來署所者，告余曰：『義去年二月殺黄某於圃堆之劇場，屠割無全膚。其殺黄畢，亦自殺。』余聞之，始歎：『喇嘛之言，至此終驗矣。』

唐明善

唐明善，秦人，康熙初挈家來蜀，居於綿安之間。初以賣豆芽自給，漸至賣醋，纔數歲，貲業頓厚，殆且距萬里，人莫不質疑，以爲流寓窮民無由可富。會豪室遭寇劫，共指爲流盜，執送官，困於拷掠，具以實相告，云：『初來，夢四神人言：「吾當發迹於此，汝能謹事，我凡財物皆可如意。」明日訪居側，得一毁祠，問鄰人，云：「舊有財神廟，今廢。」因感昨夢之异，隨力補葺，甫及工竣，復夢神來曰：「荷爾至誠，即當有以奉爲報。」凌晨起，見紙錢充塞，逐漸多，遂建華屋，方徙居之夕，堂中得錢龍二條，滿腹皆金銀。自是，廣置田土，盡用其物。今已十載，固未嘗盜也。』宰驗其非妄，釋之。

唐氏創祠於家後林中，每四時節日，必盛具奠祭，殺雙羊、雙豕、雙犬，并毛血腸胃，悉數陳於前。以三更行禮，不設燈燭，家人拜禱訖，不論男女長幼皆裸身暗室無别，逾時而退。常夕不閉門，恐神人往來妨礙，婦女率與感接，或産鬼胎也。其有子孫娶官族女，不肯隨祭爲亂者，多抱病亡，財物亦應時耗散。經唐氏處叩謝罪，其害乃止。至今奉事如初。

卷七

李玉

李玉，成都人，住省城拐棗樹街，素貧。父死，爲人傭值，藉以養膳其母，娶同街蕭某女二姐爲室，相得無間。乾隆十三年，金川逆酋跳梁，大兵進剿，玉應募，運送軍餉，卒於蠻中。撤兵後，玉無音耗，其母與二姐家居，藉針黹以供朝夕。蕭某謀嫁其女，商之玉母親，曰：『撤兵已久，玉無歸音，其死必矣。阿女青年，煢煢獨處，母又年老奇貧，朝夕無資，將來同死饑寒，亦屬無益，不如將女改嫁，議取財禮，以作饔飧，老幼尚可兩全。』玉母許之，改適營卒某。成婚之夕，忽床次火起，被褥皆燒，經親友同撲而滅，以爲偶失防檢耳。次夜復燃，衆頗疑之。翌日，二姐回家，母方午飯罷，忽昏迷倒地，口吐漩沫，呼其父，責之曰：『蕭某不良，我在金川曾封銀三十兩，托汝帶交我母，以作薪菜之費，汝歸私橐，反言并無信音。今又忍心改嫁汝女耶？我今歸里，與汝誓不甘休。』蕭驚，叱女不得胡言，曰：『我非汝女，乃李玉也。我病死金川，閻羅王憐我歿於王事，敕令還鄉，特來尋汝。』蕭曰：『汝果李玉，身死他鄉，孀妻改嫁，貧家之常，何得怪我！』曰：『我即不愁少婦，獨不思老母乎？還我銀來，毋得多言！』蕭許之，爲焚冥鏹。曰：『此紙錢乎？我母妻用，非真銀不可。』蕭窘甚，延僧道薦之，二姐稍甦。次日薄暮，聞空中有聲嗚嗚呼蕭二姐者再，二姐復昏迷，又呼曰：『陳二哥，你來幫我捉他。』蕭叱曰：『李玉，汝係我婿，來此騷擾尚屬有因，陳姓與我無仇無冤，何敢亂入我室？』須臾，二姐復甦，問之，茫如也。後每日暮，便嗚嗚作聲，并抛擲瓦石，舉家不寧。蕭有幼子，見玉入宅，問曰：『汝作呼陳二哥，果何人也？』曰：『是我夥計。他在北門外金花街，素有肝膽，與我同回，故約他來。聞汝父飭責，踉蹌去矣。』營卒至督標，請令箭插門，鬼拔箭，擲墻外，揶揄更甚。如是者月餘，四方來觀者，識與不識，排闥進入，日事喧嚷。蕭無奈，至玉母，還銀三十兩，并懇代爲解説。玉母諭之曰：『孝哉！兒銀已全收，汝可勿擾矣。』鬼大嘯一聲而去，後遂寂然。

馬半仙

德陽孝泉馬茂才精《京房易》，占卜奇驗，咸以半仙稱之。乾隆戊寅三月朔，張沛霖家夜失一牛，遍覓不得，往卜之，曰：『牛乃走失，非被竊也，但其去已遠，依課求之，尚可尋獲。汝於初月五日向東行，約離家七里有板橋河一道，汝於橋頭等候，見有持傘婦與男子同來，後隨一犬，由板橋渡河，汝即尾之，東行又十餘里，仍由板橋渡河而北，汝亟問其婦有內戚王監生者，至其家問之，牛可得矣。』張歸述其言，以爲令人如法尋之。果見一持傘婦與男子同來，犬隨其後，遂尾之，行至火盆山下，復渡河而北，張因問其內戚王監生，婦曰：『順河而下二里有牛，想是也。』視之，果前失之牛，因牽牛而歸。

又余佃王廷恒，因兄久病不愈，往卜之，曰：『病不可救，課已注明，汝自觀之。』王不識字，星夜趕回，其兄死矣，已將殮矣。衆取課觀之，注『速歸速歸，有緣見屍』八字。其奇驗類如此。

乩仙明示科場題

乩仙從無明示人以科考題者。庚辰七月朔，鄉試臨邇，成都某生邀同人請乩問休咎，設壇焚香，叩請呂祖。乩動，寫灰盤中，無一語成句之語。主壇者曰：『此必求酒食之鬼，所謂非真仙也。』急焚鎮壇符驅之，謂此後鬼不敢入，真仙降，必有好詩。衆凝神静候，久之，乩又動，寫灰盤中，視之，其錯雜無文，與前無异，衆一笑而散。一生曰：『且問今年何題？』乩隨書『居則曰：不吾知也一節。』衆更哄堂大笑，以爲掌乩者所爲，遂撤壇。時張儀廷在座，默思此題可墨，因刻意爲之，并請顧密齋先生閲定，熟復數過。入闈，果是題，不加構思，即録現文以進，揭曉遂中。同人方歎乩已明言而無大變，人不信也。蓋因其先之無一語成句，而遂并其明言題而亦不信也，乩仙之所以不測也。

剪髮辮

乾隆己丑春，各省忽有剪髮辮之异。其始自東南而西北，其後復自西北而東南。

被剪之人忽覺昏迷，少頃視之，髮辮烏有矣，仍無恙。有從髮根剪者，有留一二寸從中剪者，不知究被何物剪去。并聞都中裙幅亦時被剪，川省并剪及雞毛鴨毛，不解何故。一時訛言四起，各省委捕治，毫無蹤影，直隸總督因以其事入奏，上諭之曰：『此妖氣也，見怪不怪，其怪自敗。若不必辯。』後旋息，果如聖言。

中江文廟金蓮

金蓮花，一名旱金蓮，與蒿類五臺産者各异，蓮葉似芭蕉而本高不過一尺。其花層層如蓮，尖瓣色黄如金。初開，瓣生小臺，結蕊含露，蜂競采之。久之，則層疊而上。年餘，根爛花倒，四旁吐苗又可分植矣。蜀中人家園囿多植之。相傳花開必有瑞應，如無吉事則數年不開。乾隆丙午科，中江文廟内忽開三朵，籤曰：『本縣必中三人。』榜發，中者乃廣文周益齋及其弟士壽、侄立矩。學署舊有『積學堂』匾。予笑戲曰：『是可名爲「三花堂」矣。』九月，又開一小朵，十月，武生中式，至戊申恩科，蓮出七朵。榜發，縣中無一中式者。有狂生題歐陽永叔《蝶戀花》詞於學宫，云：『一曲天香分粉膩。蓮子心中，自有深深意。薏密蓮深秋正媚。將花寄恨無人會。橋上少年橋下水。小棹歸時，不許牽紅袂。浪濺荷心圓又碎。無端欲墮相思淚。』蓋讖花非嘉兆，而諸生失望也。又咸謂花無足定據矣。迨己酉，秋闈揭曉，中江本學及府學兩庠，竟中七人，始知花之應在己酉，而不在戊申也。金蓮花或云即優鉢曇花，本波斯國遺種也。

蕭氏孝感

簡州蕭氏，農家女也，嫁秦某爲妻，事翁姑極孝。一日采薪河干，誤落水中，沉水底，順流而下，經數十灘，值一漁舟，忽騰躍入舟，漁人大駭曰：『吾漁於此，未見有會泅水人，汝從何來？』氏云：『吾失足落水，已沉河底，自分必死，幸口中尚未吃水，旁若有人以手援之者，至此徑，提出水面，置舟中。』不知離家遠近，問之，已十餘里矣。漁人送歸其家，咸以爲至孝所云。

開元寺石菩薩

漢州開元寺有菩薩像，自項及焰光坐趺都是一段青石，深膩可愛，雕琢極工，高數尺。會昌毀寺時，佛像多遭摧折刓缺，唯此不傷絲毫。及再立寺，僧振古寶而置於西廊。先是匠人得此石，异之，虔心鐫刻，殆忘食寢，有美女常器食結之，其人運思在像，都無邪思。久之怠而妄心生，女乃去。饑渴既過，兼毒厲遍體，遂悟是天女，因焚香叩首，悔謝切至，女復來，其病立愈，而像即成。見《因話録》。

空中神仙

雲谷言：余姊適金堂上舍舒其志。早孀，守子文彬成立，援例得湖北鍾祥縣麗陽鎮鎮守巡檢司。乾隆五十八年，姊在署，晨起出户，忽見天際冠蓋，濟濟多人，排列似大官出巡狀。自東北向西南逐隊而行，其侍從輩旌旗前列，弓箭在腰，步武整齊，略無參差。姊大驚，目眩，急呼署中人出視，人人均見。其時天宇清明，并無遮蔽。須臾，正南雲起，漸入雲中，冉冉而没。

黄解元夢兆

乾隆甲寅恩科，綿竹鄒生某入闈，與同邑黄生多益同號。鄒至黄號閒談，忽見號板上寫『樂道人之善』二句題，鄒問：『何爲寫此？』黄曰：『今科題也。』鄒曰：『何以知之？』曰：『余初應童子試，即夢四川甲寅科題係此，余得中元。心疑甲寅非鄉試之年，何以有科？旁一人曰：「恩科也。」醒後，余因取「多益」二字爲名，以圖後驗。是年游泮，今甲寅果有一恩科，題當不虚也。故入闈即將此題録出。汝何不早爲揣摩？』鄒笑曰：『君一夢，十餘年尚未醒耶？』略不介意，談笑而罷。至五鼓，題紙發出，果出前題。場畢榜發，黄果中元，鄒薦而未售。

黿异

乾隆甲子六月，大雨十日不止，江漲一望無際，成都城東北角傾圮，淹没居民無算。水未漲前三日，人見九眼橋下有大黿，徑五六尺，浮水面，小黿數千從之，往來江中無定。識者曰：『此秦時畫城之黿也，出必有灾。』後果然。

鶴游坪

雲谷言，涪陵張修圃兄言：伊始祖某，本湖廣麻城人，明洪武任涪州牧，卒於官，貧不能歸，其子集謀葬地不得。一日至州境之鶴游坪，見兩老人對棋，一老人旁觀，貌甚古，鬚髮盡白，某亦坐其旁假憩，欲觀勝負。兩老人凝眸注視，久之竟不下子。旁一老人以手指盤中曰：『我將此緊要之處點與你罷。』某方詳視，三人忽化爲大鶴，飛翔而去。某曰：『此必吉穴也。』遂葬其地，從此科甲連綿，簪纓不絶，至今爲涪陵望族。

河神投生

樂山羅楷，字廷衛。其母夢河神入室而生，少穎异。乾隆己卯舉人，挑發河南，初任息縣，丁憂歸，服闋補寧陵令。其人外樸誠而内明達，精吏治。在任數年，吏畏民懷，大著能聲。乾隆四十三年，河决儀考，馬家店下游各州縣俱被水灾，寧陵尤甚，城被水圍，四鄉居民淹溺者不計其數。公雇覓船隻各處打救，全活甚衆。其依高阜而糧食匱乏者，運送米石以散給之。一面報灾，一面開倉發粟并設粥廠，以食日不聊生之輩。民亦愛之，若嬰兒之待哺於慈母也。嗣調辦河工，凡屬公所辦之工段，民皆聞風自來，踴躍趨事，不日告成，并不受雇價而去。其鄰封在公之民，亦頌不絶口，樂勸其事。時大司空袁公守侗，奉命督辦河工，見民情愛戴之甚，曰：『此循吏也，非實心實政能如是乎？』時疏奏聞，奉旨引見，陞南陽司馬，上憲亦廉其能，將大加擢用。因在工日久，積勞成疾，告歸旋卒。

扁擔灣李氏祖塋

雲谷善堪輿之術，曾對人言：余家祖墳在綿州雲龍山，地名扁擔灣。其山自安縣大山分枝，層峰疊嶂，聯絡不絶。至踏水橋以上，忽化爲御階，龍行六七里，再起峰尖，一路金水相含。至踏水橋以下，跌爲平山岡，逶迤而來。抵夏家塝，更起峰巒，由花園山入脉，朝對三峰，高插雲霄，真吉壤也。其家自石亭先生以名進士起家，後雨村、墨莊、鳧塘皆相繼入翰林，聲名藉甚。乾隆壬寅年，家中修理房屋，需用石條，偶鑿山脚取石，見斷石上有紅筋隱現，數文明如血脉穿連。工人驚疑，不敢再鑿，然離墳山尚遠，亦非山勢正脉，其家中人等飭令土填停工。初不以爲意，時雨村官直隸通永道，在署忽患脚趾疼痛，不能步履。逾月，遂與永平對揭，至遭重譴贖回。地脉之所關，匪輕也。

卷八

夢囈驚賊

成都毛司馬翥蒼振翮，官滇南時攝羅雄家篆，奉鄂制軍爾泰調驗赴省，隨携國課千金，解藩庫。路宿趙夸店，夜半被賊，鑿後牆已穿，爲内板所阻，復鑿前壁透，翥蒼忽夢中大言曰：『良心不死於？』盜賊驚去。時翥蒼兄儀彩連床驚覺，問：『胡爲出此言？』翥蒼猶酣睡，异之，乃呼同行趙梅鶴起視，趙曰：『我枕畔隱隱聞牆外似有人聲。』舉火出視，前後牆壁俱已鑿開，幸賊未入室。喚翥蒼醒，告以故，翥蒼曰：『予夢囈，實不知。』起探課銀尚在，歎曰：『天下事，得失各有定數，如此哉！倘予夢中不言，則千金休矣。豈神有以啓之耶？』因紀其事并附以詩曰：『酣眠誰復數殘更，枕簟難安夢忽驚。休怪緑林疑且去，暗中原自有神明。』

彭縣塔

彭縣北關龍興寺前有方塔一座，高數十丈，宋大觀中預知禪師建，嶄截直上，缺其一角。相傳塔頂有寶珠，盜竊去，至内江，塔角飛壓其舟，沉水死。其言無稽，未可信。乾隆丙午年五月初六地震，塔頂四裂，勢將傾圮，卒不墜。近塔居民彷彿震時，烟霧彌漫繞塔，似有巨人撐扶，震已，塔竟無恙。視寺中四金剛渾身汗濕，面有擦損迹痕，咸以爲金剛之力云。

楊展射藝

楊展，字玉梁，嘉定人也。身長七尺，性倜儻，負文武姿，尤工騎射。少應童子試，參政廖大亨一見器之，曰：『此將才也。』亟獎拔之舉。崇正己卯，武科北上，挾强弓大矢，驅一衛獨行。遇賊劫其橐，展笑曰：『爾欲利吾有耶？吾與爾鬭射，欲退百步外，執號箭爲的，吾射不中，聽汝取之。』賊如言，一發破其幹，賊驚，拜去。臨試，閹貴人有馬兇悍難制，挽以鐵轡，號於庭曰：『能騎者，予第。』衆愕踖，鮮應。展持弓矢排衆，突前奪馬，騰躍而上，縱送迴旋，九發矢九中，走馬揚聲曰：『四川楊展也。』閹貴駭服，展名遂震京師，於是成進士第三人，授游擊將軍。

時秦寇方熾，朝廷深重武臣，尋陞展參將，以憂家居。值蜀亂，鄉盜縱橫，嘗與族子踏月江邊，隔岸影見人行，諦視，曰：『此賊也。』射之，應弦而斃，覘其人，果素掠鄉里者。人以是畏服之。甲申，獻賊據成都，僭號改元，遣僞將四略。展起兵犍爲，會閣部王應熊檄至，即從總督樊一蘅及游擊馬應試、余朝宗等攻叙州，力戰復其城，走僞都督張化龍，又擊敗馮雙禮，遂次第收嘉、眉諸邑。於是黎州指揮官魯勳、副使范文光，起洪雅，土司馬京起滎經，爲展聲援。遺民潰卒，多歸之，衆至數萬。時獻賊遣狄三品、劉文秀等來侵，大敗還。永明王嘉之，晋爵華陽伯，特授總兵。俄饑人相食，展使告糴，黔楚自紳士以下至弟子員皆給資農，予予牛種，使擇地而耕。顧從戎者，補五百工，雜流各以藝。就養孤貧無告者，廩之。又置竹筏數千於同河，以濟滎、威、富之避難者，俾居思經、瓦屋諸山，而令其子璟新屯田於峨眉，歲獲粟數千，蜀南賴之。獻忠忿展盡收餘地，又怒川人之不服己也，大殺成都居民，卒衆百萬，蔽江而下。展起兵逆之，戰於彭山河口，乘風縱火，鎗弩齊發，賊大敗，所掠金玉珠寶及銀鞘數千百，悉沉水底。獻從别道逃免，旋奔川北。展追至漢州，封其遺屍而還。是時，展威名大振，蜀之起兵拒賊者，皆以爲長城。

袁韜、武大定者，窮困來奔，韜故姚黄十三家賊，而大定則小紅狼别部也。展愛其勇，推心任之，命大定守青神，韜守犍爲，鼎足備賊。偏沅巡撫李乾德，初以總制來蜀，獨許袁、武，深相結。至是，韜與總兵李占春相惡，展素厚占春，時通饋遺，韜不悦，乾德因説韜殺展，大定亦忌展强，三人合謀，請展扼犍爲界。展欲往，其子璟新諫曰：『近觀三人，意殊怨望，須察之。』不聽，及出乘，所愛白馬回齧其衣者三。展厲聲曰：『吾尚不懼獻忠，爾豈懼耶？』蓋展破賊多自矜，又過任人，而乾德以展簡略已，日夜慫韜除展，展不悟，佩劍携一僮扁舟而下。袁、武迎之，僞爲恭謹者。展坦然入帳，浮大邑卮痛飲，日暮沉醉。袁、武將展劍舁入别室，使勇士往刺之。展悟後，目不交睫，睛光炯炯射人，操刀者三至不見動。展僮云：『無畏也。』遂得展，展覺知有變，佯呼曰：『酒渴甚，予我水飲。』僮止之，遂遇害。展精五行遁術，得水可免。其死也，實僮促之云。時年四十有五。

袁、武既殺展，引兵圍嘉定三月，破其城，璟新逃去，妻陳氏駡賊死，其家殘焉。時僞帥孫可望者，方據滇，聞展死，使王自之，可望將兵向川南，而別遣劉文秀等渡金沙江取曹勳，而襲其後。袁、武方拒自之，可望聞之，還與文秀戰，大敗，俱降賊。乾德赴水死戰，再據蜀。初，督師應熊以賊襲殺平蜀侯曾英，走畢節死。兵部尚書呂大器，自柳州至，永明王即命代之。大器遍歷諸鎮，太息謂參軍陳計長曰：『楊展志大而疏，袁韜、武大定忍而好殺，王祥庸懦不足仗，蜀事尚可爲乎？』自展死後，諸將解體，賊復入，無敢抗者。於是，烽火蹂躪又十餘年而後定。至今談展事者，猶追念喟息，稱楊侯不衰云。

余飛抗賊

洪雅西四十里，有鄉曰花溪，枕飛仙閣，其前大小關山屏峙溪口，其外限以青衣江，江濤洶湧，急不能渡。其地土泉肥衍，其人饒財穀重，去其鄉，殆天所設以衛養居民者也。甲申，獻賊至，土人余飛聚衆詢之曰：『賊來，生乎？死乎？』曰：

『死。』『順賊榮乎？辱乎？』曰：『辱。』『逃可免乎？』曰：『不敢知。』曰：『如是，飛策決矣。』『飛觀吾鄉地險而穀足，無匪人竄伏其間，計唯以死抗賊耳。』衆曰：『唯命。』蓋飛勇健能挾双叉，言出人莫敢違也。飛刑牲瀝酒，誓衆於神曰：『我等與賊義不兩全，有一人從賊者，殺其人；有一家順賊者，誅其家。』誓畢，户抽壯勇，年二十及四十者得數千人，塞阨保險，造刀仗、鳥銃，疊大石數十藂，藂繫長繩，備飛擊之用。賊至，飛選勇士伏左右山谷中，山崗遍樹旗幟，又決大堰之水灌田，而自以羸弱迎敵溪口。其時，賊氣甚鋭，目無飛。戰方合，飛即佯北，賊追逐入溪。左右伏飛翼而擊之，飛反戈衝突，賊大敗。顧望山間旗，疑不戰，競沿田蹊走，徑狹騎步蜂擁，陷田中，不能出，擒斬二千人。其遁者爲鳥銃、飛石所斃又過半。賊氣沮喪，各遁去。飛追賊後，益修險阨。寇來則戰，去則耕。如是者二年。其後僞撫南劉文秀駐兵天生城，飛單騎出覘，被圍，不能脱，力斬十數人，死陣中。飛死，衆遵其法，團營自保。時越險擾賊，得賊謀輒殺之，賊終不能加。至今居民猶勝國時士著云。

李半城報應

國初，中江李某官揚州。有富民楊姓犯死罪，倩人以二萬金入署，賄求免死。李佯應之，得其賄入槖，仍按律擬抵。上下詳文俱秘遣人投遞，外間不得其消息，皆以爲減等矣。及部覆到日，臨刑，楊始知受騙，熟視李久之，曰：『等死耳，何爲騙我銀兩？』李叱之，縛就刑。李自是官囊日富，回籍置買多莊，號李半城。無子，後夢楊入室，驚寤。生一子，極聰慧，美丰儀，翩翩佳公子也，唯頸間有赤痕一道。未幾，李死，其子長，多材藝，善謔，善交匪人。揮金如土，奢蕩無所不至。凡可以娱心志，悦耳目者，皆竭力圖之。一日欲見縣尹，倩人先白意曰：『能出堂接我，送銀二千。』尹許之，饋如數。接見後，出語人曰：『有錢買得鬼推磨。』令聞之，大怒，飭差拘拿。復花千餘金，事始息。數年，家遂中落。復遣人往江南，覓工匠置烟火架，靡費無算。鬻西莊連魚橋、北莊玉尺壩以償之。二莊皆中邑沃壤。時人嘲曰：『火燒藤甲連魚走，炮打襄陽玉尺飛。』蓋笑其家資隨烟火俱化也。年十七，産業一空，行乞於市，竟餓死。

劉乙齋驅鬼

大竹劉乙齋，天成廷尉，爲御史時上疏，請禁止溺女、改定服式等奏，甚著賢聲，士林嘉之。嘗租西河沿一宅。其宅多鬼，每夜聞數人擊柝聲，琅琅徹曉。其轉更攢點，一一與譙鼓相應，視之，則無其人，而聲甚聒耳。乙齋故强項，乃自撰驅鬼文，指陳其罪，大書粘壁以責之，其聲遂寂。乙齋自詫不減昌黎之驅鱷也。紀曉嵐昀謔之曰：『文章道德，似尚未敵昌黎，然性剛氣直，生平不作曖昧事，故敢悍然不畏鬼。又拮据遷此宅，力竭不能再徙，計無服之，唯有與鬼以死相持。此在君，爲困獸猶鬭；在鬼，爲窮寇勿追耳。若不逐以文，而逐以力，又不知鹿死誰手也。』乙齋笑擊紀背，曰：『魏收何輕薄如是！』

李藝圃爲神

渠縣李藝圃漱芳，乾隆丁丑進士，官巡城御史，以參額駙福公家人蘭大醉打金陵樓，蒙上召問，嘉其有膽，陞給事。旋以奏山東王倫事不寔，左遷禮部主事。後擢員外，丁繼母艱歸，遂卒。藝圃性極孝，年十八失怙，其弟某尚在繈褓，口哺手携，撫之成人。鄉里嘉之。一生講宋儒學，口立、心制、行居、官任事均以聖賢自勵，今之古人也。丁丑入闈，題係『臧文仲其竊位者與』。藝圃行文至出題後，神思窘滯，卧號板，夢其母夫人諭之曰：『汝文入手太實，需從竊位處摹二比折入文仲，使題境寬舒，數虚字神氣，着紙欲飛，方能制勝。』藝圃寤，覺文思開朗，一揮而就。榜發，遂中。人咸以爲至孝所感云。年五十二卒，臨卒之前，晨起盥水靧面，忽自驚視，曰：『來何早也，且門外候。』家人問之，曰：『帝命至矣。適來羅漢四人及輿馬人夫等，飭令外候。』入室更衣，端坐而逝，玉筯下垂，面作金色，亦异事也。左氏曰：『神，聰明正直而壹者也。』歐陽文忠曰：『生而爲英，死而爲靈。』藝圃至性純篤，忠孝克全，其爲神也無疑，惜當時家人未細問爲何神也。藝圃有《自題小照》四，圖詩甚佳。

附載：

其一《白雲斷雁》云：

我年十八時，慈母棄兒逝。五弟繈褓中，日夜啼不止。

一聲一斷腸，旁聽涕瀰瀰。老父重悲淒，摩撫嗟何恃。
兄嫂兒女牽，顧此復失彼。我時尚未婚，眠食責諸己。
包裹布與巾，中夜再三起。鄰媪乞乳盡，軟嚼糜粥飼。
得其爛漫睡，背燈究經史。放聲口若鉗，回顧淚漬紙。
如是者六年，通籍成進士。拜命官農曹，我父聞之喜。
遠携兩弟來，觀我出而仕。自冬越殘春，目厭緇塵眯。
柳風三月和，劍閣一鞭指。季弟遣隨行，五弟留京邸。
牽衣蘆溝橋，離別從兹始。別行片言勖，勵節報天子。
吾老力强健，母心繫甘旨。鄰身上馬去，淚落渾河水。
誰料一月程，風露疾難理。可憐逆旅中，竟作捐館地。
生無以爲養，死無以爲禮。嗚呼天蒼蒼，此恨無涯涘。
幸賴邑宰賢，義高脱驂比。當我未至時，觸事自經紀。
及撫柩呼號，婉慰即哀毁。至今款曲情，緘封在骨髓。
是時九月交，秋風吹菊蕊。扶病挽靈輀，雲棧經迤邐。

猿聲天上鳴，慘切入我耳。峽勢日邊迴，硉兀折我趾。
我前咆猛虎，我後叫蒼兕。行路飽艱難，安厝時始已。
庚寅季弟亡，乙未兄又死。相距數載間，零落已如此。
遺七八孤雛，嗷嗷竟誰倚。雖有小弟存，生事出如蟻。
哀哉骨肉懷，生死隔千里。我欲踏寒郊，陟岡陟岵屺。
白雲生遠天，鴻雁度隴坻。雲盡雁行斷，極目空指似。
因將酸楚心，寫入圖畫裡。寄與後來人，此意莫輕視。

其二《蘭省晚歸》云：

我之高祖公，寸心具千古。讀書見大義，筮仕飭簋簠。
三年守孟城，春風動淮浦。去時截鞭鐙，攔道奏兒女。
兆遷儀曹郎，再轉主客部。是時妖焰張，鬼車啼夜雨。
請假奉慈闈，賊已陷夔府。延綠山谷間，取道向南楚。
半載歸故園，膏血塗村墅。弟兄搴義旗，殺賊猛如虎。
馬蹶遭縶維，奮舌就斤斧。江翻血淚紅，月照丹心苦。

大吏闡幽光，采搜陳當寧。重荷國恩褒，賜謚列祠宇。
至今肅典禮，兩地薦邊俎。我生際太和，微才一筵筥。
備員首丁丑，歷十九寒暑。初從户吏曹，叨陪鵷鷺序。
十年擢御史，法冠簪鐵柱。群烏看往還，古柏空摩撫。
旋復拜瑣闈，是年歲甲午。秋漸次第加，事之絲毫補。
如何職守乖，殃咎寔自取。唯帝曲矜全，鐫級赦愚魯。
續命移春司，感激涕湑湑。自憐蚊翼輕，未克蜂鋩拒。
再拜天地慈，摩頂心自撫。容臺高峨峨，禮樂中備舉。
惇典三綱正，吹籥百神叙。不道百餘年，小子此接武。
事業感年華，家學溯規矩。進思與退思，夙夜縈心緒。
問我歸來時，夕照餘幾許。職盡心始安，身在力强弩。
近以報吾皇，遠以慰吾祖。

其三《載書過峽》云：

巫峽七百里，突兀天下壯。連峰走長蛇，對面勢相抗。

中漱大江流，鬱怒蛟龍讓。逆舟鬪水勢，牽挽巉崖傍。
若無萬卷書，何以壓巨浪？天子盛文藻，學海波瀾漾。
宏開獻書途，讎校天禄上。多藏錫賚加，次亦拜縑纊。
焕乎文明治，士氣一時旺。我學久荒廢，沙溪縮寒漲。
心希秘閣奇，延頸屢忻悵。有如嗜飲徒，饞涎落酒盎。
吾家棄産人，好古志高亢。嗟我無田園，購蓄安所仗。
約躬即清俸，庶幾免嘲謗。一年營一帙，漸漬成岩嶂。
譬彼窮措大，斗掘珠玉藏。客過笑書淫，一一資醞釀。
吾蜀古多才，絶學楊馬倡。歷唐宋元明，淵源大流暢。
爾來復誰繼，文獻感凋喪。經籍半殘缺，後生失宗仰。
買舟裝載歸，高擁談經帳。老宿擴見聞，多士啓昭曠。
兼以謝父老，即此知官况。豈唯父老知，江神或吾諒。
狼頭鹿角灘，孤帆烟中颺。劃破青琉璃，坐聽榜人唱。

其四《茅簷望闕》云：

春風綱魚洲，雨散一江緑。滃滃濕雲起，薄蓋溪南竹。
田家力東作，御此老觳觫。東塍分秧苗，西崦理溝瀆。
囊飯走婦子，催神啼布穀。日暮行荷犁，土盎酒初漉。
銜杯息勞筋，還課兒童讀。一别十餘年，此景常在目。
國恩未徂報，焉敢問茅屋？游魚思淵潭，老馬戀豆菽。
二者交縈懷，擬向季主僕。他日乞身歸，誅茆背幽谷。
縛帚掃先塋，刈草培宰木。然後樹桑麻，次第收苜蓿。
鄰翁醉杯酒，子弟聚家塾。竹簟暑風凉，茅簷冬日曝。
相與談金鑾，補注《歸田録》。要使識深思，爲我後人勖。
人生無百年，富貴一風燭。忠愛茍不虧，安用展遐矚。
分遠或相忘，隨事可悵觸。西來劍閣雄，東去巫峰矗。
何處望觚稜，兀坐自往復。

卷　九

唐堯春天文

綿竹唐樂宇，字堯春，號九峰，余姻親也。生而有力，或疑爲熊精。讀書十行俱下。稍長，盡通五經諸史以及諸家注疏，精於四子，性理之學無不窮究。壬午，舉鄉試第六。丙戌成進士，授户部主事。素明九章演算法，凡錢糧催税，布指便知，折奏檔案，過眼不忘，胥吏不得爲奸，以是各司農皆倚爲左右手。金川之役，辦理軍需奏銷事，纖毫不爽。今大學士和相國尤器之，陞員外郎，保舉提督錢法堂監督，論俸推陞禮部郎中，和公乃奏留本部山西司郎中。其見重如此。充内廷方略館纂修，兼户部則例館纂修。由郎中俸滿，選授貴州平越知府。調繁南籠，勤於政事，積勞成疾，得嘔血病，旋因公被議。乾隆辛亥年，捐復原官。丁太母太恭人艱，扶櫬回籍，卒於雲陽舟次。

爲人大耳高鼻，目短視，至對面不能辨人，然能察秋毫，并精天文、六壬星命、五禽遁法，著有《奇門紀要》。偶於琉璃廠市得西洋渾天銅儀，購歸，排列敷衍，究其術。守南籠時，見太白行非常度，私謂總鎮某曰：『君宜秣馬勵兵，不久當有警報矣。』是日，果有臺灣之役，群謂私言已驗。公曰：『未也。蜀徼外尚有事。』不一年，西藏復告變，人益傾服。居官多异政，嘗爲錢法堂監督時，鑄公萬餘，忽以私憤致變，公即促駕撫之，群勸無往，公曰：『若輩無知，豈可聽其釀巨禍耶？』鋭然入其群，曉以大義，皆流涕服罪而散。又爐神有祟，每夜嬲爐頭。公問其狀，則神前土偶皂役也，以釘其足，血出而祟息。爲人瀟灑絶俗，性嗜酒，不問家人生産，好購書。官監督時，所入俸以萬計，盡以易書，疊架盈櫥。雖朝炊不繼，宴如也。擅諢諧，赴平越時，空乏不能具行李。時保定守爲同年王汝璧，素相善也，以缺費拜謁，王知其意，辭以疾。公直下輿，坐大堂暖閣候。久之，竟不得見，乃蘸案上朱題詩於壁，曰：『右諭通知貼大堂，主人從不會同鄉。門前若遇抽豐客，衹説官今病在床。』投筆竟去。其善謔類如此。公善扶鸞，未遇時，設館中江孟宗丞鷺洲邵家。延請降乩，請吕祖臨壇，忽書灰盤中曰：『須得禮部牒文，方可呈請。』簽曰：『安得有此？』復書曰：『着唐生書一押字代之。』如言而至，問休咎，皆驗。後公登第，果授禮部。數有前定，洵非誣也。

紅臉生

涪州孝廉周文芷興沅，余同年友也。嘗言：幼年初作文章，有代爲改正者，文甚佳，師疑之，伊亦不知爲何人所改。久之，見赤臉者，常侍左右。問其姓名，書『紅臉生』三字，不知爲狐爲鬼，旁人莫之見也。初次來宅，飛沙走石，合宅驚惶，不知所爲。久之，習以爲常，俱知其爲紅臉生也。問在生何爲，曰：『宋徽宗曾以文墨封吾。』再問，曰：『公未讀韓文公廟碑乎？神之在天下，如水之在地中，無所往而不在也。何必問？』相伴數年，頗得其益。凡音書數千里外，皆能暗中遞送，通其消息。唯應試不能入闈，此外亦無他异，安之久矣。後周至京師，缺費，各處告貸，俱無應者。方窘甚，忽室中投擲錢數千文，周訝之。數日後，知爲鄰室友人物，遣人送還，誡之曰：『攖人之財，謂之盜。子取非其有，將欲陷我於不義耶？以後勿蹈前非，致遭法網。』鄰又有被竊者，遍索不得，遂誣指周，語多不遜。周甚怒，與鄰力辨，并具訴文於關帝廟。焚之，後遂不見。

馬鎮番赴城隍任

德陽孝廉馬公志修，敬齋先君門生。乾隆丁卯舉人，壬申檢發甘肅，試用補鎮番令。在任三載，多惠政，性耿直，與上司不合，告歸家居。戊申正月十九，夢仍鎮番上任，所過道途街巷歷歷，皆舊日經行之處，唯衙署係城隍廟，廟中一吏出稟曰：『此來太早，上任日期尚在庚戌年六月初十日。』公遂寤，記憶甚清，常常舉以告人，家丁皆默識之。至期果卒。前數日，身抱微恙，而面無病容，唯神氣與平時稍异，每引手上前，作推謝狀，若有人跪迎者。問之，曰：『鎮番來迎隸卒耳。』有家丁李忠患病甚劇，忽起立，收拾行李。伊母問之，曰：『跟隨老爺到任。』伊母憂懼，以止此一子，跪懇馬公，免其帶往。公許之。次日，李痊，公遂卒。歿數日，又附家人言，曰：『我到鎮番任矣。緣本省城隍文移未到，尚未視事，爾等須辦使費，急爲料理。至於安厝事，一切事宜務須恪遵祖訓，不得過奢。』其弟能修問曰：『既作城隍，必洞知冥數。弟年逾六旬，未審查還有幾年壽算？』曰：『還有五載。』至甲寅年二月二十五日，能修忽抱病卒，竟如其言。

招魂

招魂之説本於《禮記・皋復》，然《皋復》不過子之於親，望魂之歸來，非必有術以招之也。近日，巫家頗有此術。家有雛伶陳忠受驚，每夜夢魘，屢作囈語，若狂若顛。請巫招魂，巫爲掐石灰一作畫，一大人於地上，使病人卧其床上，遶匝數周，喃喃作咒，再用紅綫擊其兩手關脉，病遂爽然若失，不知何術也。

饅首止瘧

余親陳姑丈倫善醫，尤能止瘧。用饅首一枚，以紅綫十字縛過，口咒數遍，令病人於瘧疾將發之前，置於炭灰中煨熱，食之，瘧疾竟不來，亦异術也。

僧道不可學戲

僧道不可學戲，以其反教也。余家居無事，多雇人家小童，親爲課曲。嘗有酆都廟小道士，改道服爲俗家妝束。自投入班，見其人頗清秀，因能巧笑，改名大喜。延師課曲，使演《十五貫·見都》一齣，令扮周忱，腔調皆會而不能笑，遇笑必啞。叩其來由，乃送本師，其笑如故。又有什邡觀音寺闊亭上人有徒，每誦經時，唄聲甚清，忽偷入慶華班，從伶師唐永泰，改俗學戲。讀曲本甚有記性，而每歌則聲如王莽之嘶。永泰無如之何，轉交金貴班，師王吉雲，因曾讀書，改名書官。教唱腔，其嘶吼尤甚，漸至於啞。始因其笨伯，令演《白羅衫·賀喜》一齣，使扮馬大，以就其笨，且唱曲也，面發白，亦嘶而啞，至不能辨其一字，乃逐之。又綿竹東嶽廟有沙彌，素有能戲之名，忽一日竊其師千錢，逃入班中學戲，以未有保人，不留。既而請人與師，講明還俗，又乞保人，引進入班。以其初曾竊錢而逃，改名錢官，其眼頗大，教以《三請師·擋夏》一齣，使扮張翼德，而唱高腔則自休氣，老張以下，其聲逾唱逾低，有似下部虛弱者，而計其年，實未破其身也，乃遣之。始知食佛家、道家之飯菜，若陰有扼抑之者，還俗且不可，况反其教可忽？

鸚鵡誦詩

乾隆中，余偶遇一商家，坐未定，見梁上有呼者曰：『客來了，倒茶。』余疑人語，細領之，則梁上掛一鐵架，架上鸚鵡聲也。主人爲言：『此鸚鵡能誦詩。』因使之誦，即誦云：『國正天心順，官清民自安。妻賢夫禍少，子孝父心寬。』此一奇也，然是素所教誦。又嘗至江油縣旅店，余跟隨人半皆京中舊僕，童人皆以京娃娃呼之。甫入店，即聞門楣上有呼京娃娃者再，亦疑爲人，問之，則楣上懸一鸚鵡所言，此則非素所教誦，殆隨其人而自呼也，此又一怪也。鸚鵡能言，其信然乎？

鬼打

余鄉有葉如慧者，不知用何術，善能役鬼。身充成都府承差，離羅江二百二十里。

每逢點卯之期，先一日，抵暮起身，次日抵暮還家，人皆异之。或有偵其行者，見足不離地，有魑魅魍魎四人，翼之而行。問之，曰：『吾使鬼抬轎也。』其後，有用雞狗血等穢物，破其法者，術遂不行，竟爲鬼打死，遍體俱青。按鬼打，亦有救法，載在年希堯所刻《集驗良方》中。余家有優童賈長官，自永福院演戲歸，路過臭水河，忽然發狂，走入御麥林中。急令人覓之，不見。次早，家丁薛三貴始於河岸尋着，見身抱鵝卵石數枚，正欲投水，薛力抱其腰乃止。掖至家，狂如故，乃閉之一室，令人守之。黄昏時，忽然鬼附昏迷，笑哭若有鬼魘鬼打，呃呃作聲，呼之不醒，人言：此河舊多淹斃人命。急檢其方，用細繩縛將兩手大指作一排，用艾丸在中指爪甲盡頭處灸七壯，鬼不去，再灸七壯，鬼去，而人尚昏沉。懷中每抱一丸，若赴水狀。用牛黄、雄黄各一錢，硃砂三分，研末和勾，挑一錢床下燒之，挑一錢温酒灌之。稍愈，再加麻黄三兩，去節，杏仁七十粒，去皮，炙甘草一兩，水二碗，煎至一碗灌之，乃愈。愈後，乃服參嗜補正之藥，遂痊。按醫書云：或鬼打死，或多年冷屋中惡魘死，呼不醒者，切忌火照，但痛咬其脚跟，則應聲。或用不同卧者於自己床内，大呼其姓名，亦醒。如不醒，以皂莢末，吹入鼻中則醒。余親驗之效方也。

賈公急救方

余在綿竹，見坊間有縣令隴右賈公文，召刻《急救方》，遍示民間。其方俱《集驗良方》所不載，亦善政也，因録於此。《救縊死方》：凡男女縊死，身雖僵定，尚可救活。不可割斷繩索，抱起解下，安放平坦處，所仰面朝上，頭要扶正，先將手足慢慢迴彎，然後將大小便用軟綿之物裹緊，不令洩氣。用一人坐於頭前，兩脚踏其肩，揪住頭髮，將縊人之手拉直，令喉項通順，再用二人將細筆筒或葦筒入耳内，不住口吹氣，不住手撫摸其胸前，用活雞冠血滴入喉鼻之中。男左女右，男用公雞，女用母雞，刻下即活。如氣絶以久，雖令照前救法，多吹多摸亦活。向來多傳縊死有替代鬼，非也。蓋愚夫愚婦氣絶於胸，不能自釋，以至輕生。若按方急救，何替代之有？水溺亦然，一宿者尚可救。撈起時，急將口撬開，横銜筯一枝，使可出水，以竹管吹其兩耳，碾生半夏末吹其鼻孔，皂角末置管中吹其糓道。如係夏月，將溺人肚皮横覆牛背之上，兩邊使人扶住，牽牛緩緩行走，腹中之水自然從口中并大小便流出，再用生薑湯化蘇合丸灌之，或生薑汁灌之。若無牛，以活人覆卧躬腰，令溺人如前，將肚腹横覆於活人身上，令活人微微動摇，水亦可出。若一時無牛，兼活人不肯拯救，或鍋一口，將溺人覆於鍋上亦可。如係冬月，即將濕衣解去，爲之更换，一面炒鹽，用布包熨臍，一面厚鋪被褥，取灶内不著草灰，多多鋪於被褥之上，令溺人覆卧於上，臍下墊以綿枕一個，仍以草灰將渾身厚蓋之，灰上再加被褥，不可使灰瞇於眼内，其撬開銜筋，灌蘇合丸、生薑湯，吹耳鼻、穀道等事，俱照夏天法。冬天甦醒後宜少飲温酒，夏天宜少飲粥湯。按灰性暖而能拔水，凡繩溺水死者，以灰埋之，少傾即活，此明驗也。然獨未載打傷人命一條，按《集驗良方》云：凡跌打損傷已死者，切莫移動，將人中白不拘多少，即男女尿桶存液者煉過通紅，投好醋七次，研末二錢好酒送下。如口閉者，撬開灌之，吐出惡血，即可救矣。但移動者不治。此亦居官用刑，或有斃杖下者，所宜留心，亦急救之良方也。

茶花妖

四川綿竹縣産茶花，歷來已久，多蓄人家園圃中。其色初不過佛頂珠、大紅、二紅、白色、紅抓破臉、白抓破臉。花販每於廟中擔買樹茂花繁者，極貴不過十千、二十千一盆。樹小花少者，不過六千、八千而止。嘉慶二年三月間，茶花忽然昂貴，始而一盆銀百兩，既而不論盆論枝，竟賣至數百金一枝。四月間，花販四出，舉國若狂，竟有出銀千兩買一枝者，而一時花色既异，花名一别，有『西洋紅』『紅洋茶』『平半子』『雙鏇子』『紫重樓』等名，而『西洋紅』尤貴。士夫家競相貿易，有今日百兩、千兩買得异色一枝，而明日賣至千兩、萬兩者。亦有貴買不售，以至傾家蕩産者，甚而爲偷花興訟，釀成人命者。其風直至五六月少息，亦可謂茶花之妖也。相傳此風自什邡徐家場一二富家好事賭買茶花，如石崇、王愷之碎珊瑚樹而起，至綿竹而其風益熾。至於花忽變色，多至十餘種，則不知其故。余姻朱申之永禄，亦務花茶者，爲余言：『茶花有花子，摘其老子，置盆盎中，每日以水澆之，長出萌芽至兩三寸時，略加清糞，至尺餘長，開花便成各樣异色。』徐家場之茶花殆由於此，未知確否。惜余老矣，未得一試。

卷十

題神

程魚門云：有士人得一題，即伸紙構文。初握筆，見硯池中走出一小人，不過寸許，眉目如畫，而面帶愁容，意極淒慘，若不勝憂懼者。方欲問之，頃刻而没。士人文思正濃，下筆如飛，亦不之顧。及文成，又見前小人復出，立硯池上，撫掌大笑。士人一手握住小人，問曰：『汝何人也？見我做文，何以前愁而後喜？如是之互异也。』小人答曰：『余非人，乃題神也。前見君握筆時，恐做着我，是以不勝其愁。今見君文成，竟無一字做着我，是以不勝其喜，非前後之互异也。』言畢不見。士人爲之爽然。

財神

世傳財神，信或有之。余家有買僕一名宋九，一名趙越，相約竊金。二奴唯宋九膽大。一日夜深，二奴乘主人睡熟，潛至窗下，以斧挖開窗櫺，方欲爬入，忽見一道黑烟，中有一神似判官像，巨眼紅鬚，右手持筆，左手持金，喝曰：『余乃李氏守錢財神也。無知小奴，何敢擅入！』趙越大驚，反跌窗外，昏暈久之，宋九乃扶趙入馬廄中，唤醒而止。次日，再邀，趙不敢去，但許於門外傳遞。宋乃於次夜獨自入窗，扭開箱鎖，竊金百兩，仍鎖其箱。五更，同同鄉王三帶金而逃。時余方晨寢，若有人促之起者。聞報，即親雇加班籃輿，帶人追之。至趙家渡，聞已買簽擔船三篙下簡州。余亦舍輿，買簽擔船加四篙追之。過簡州，至資州七里，漫近宋船，不過十里，而天忽昏黑，風浪大作，大雨如注，遂阻風而泊。次早雨霽，飛篙而下，則宋舟初開，一躍而過，見諸奴尚熟睡舟中，乃同時并獲。初聞其逃，尚不知其竊金也。及將宋九髮辮提起，則所坐所卧，滿船無非金也。忽又大喜過望，遂反手縛歸。究其主謀，乃王三爲首，宋爲從，乃重責宋，而遣王。後王逃，歸於什邡觀音寺，携刃欲行刺主，乃連刀送甯明府緗維，遞解回直。蓋三人皆天津人也。始知促起床、阻風皆神所爲也。據趙越所供，財神如判。是以余家至今肖像祀之。

石佛寺

石佛寺在安縣所屬之塔水場對山。其初，并無寺也。乾隆五十年，土人掘山取土，挖出石佛二，一身首備，一身備而首斷。乃集衆竪起，以草亭蓋之。其前有一小坑，流泉不竭，凡問病者，以竹筒盛其泉，歸家飲之，無不立愈，以是共驚神异。求泉者多，竹價爲之昂貴，於是共斂錢，建瓦殿三楹，廊房三間。每遇四月初八佛誕之辰，演戲酬神，遠近駢集。然神之靈驗，必借地方鬼之力，以倡揚之，如地方鬼不得中飽，則神亦不能獨長享也。鬼者，人也。

徐無鬼

余友徐蒸遠，素主無鬼之説，故人以『徐無鬼』呼之。然實口硬心虚。一日，於午時與唐芝田同行，謂唐曰：『人言世間有鬼，此光天化日中，鬼何在乎？』唐芝田忽色變曰：『我即鬼也。』回視唐，藍面鋸齒，舌長尺餘。徐忽聞之，驚懼倒地，唐忙扶之起，徐謂徐曰：『依然我也，君何大驚如是？』徐神定，細視之，果見芝田一人，蓋唐偶隨《世説》舊話以駭之，聊以戲耳，而徐心虚，遂覺唐之奇形怪狀，原非真有鬼也，人因呼唐爲『唐搗鬼』，以此知鬼由心生也。

黄許鎮土地

蜀中捐納監生者，門前必豎旗杆，上有斗，皆以硃塗之。黄許鎮在德陽縣西北二十五里，鎮有土地祠最靈，獨愛旗杆。凡村中有患傷風咳嗽，及父母妻子病痛者，許豎旗杆一對，其病即愈。至今紅旗杆如林。相傳土地前身亦監生也。

土地好戲

祭土地祠，必六月，以中央戊己土也。綿竹縣城土地，每於六月，東南西北四門必演戲賽土地。城内四門土地賽完，城外四土地亦如之。一時鼓樂火炮之聲，各門相應，彩樓棚廠之設，内外相望，邑人奔走如騖，故俗謂『綿竹土地好戲』。近日什邡亦然。

打保福

蜀人好巫，即所謂端公也。凡病不求醫，必請巫禳解，謂之『打保福』。余寓綿竹祥福寺，見對門王老漢偶感風寒，請巫禳解。其禳必以夜，以鬼必乘陰氣以驅之。其法用雄雞一隻，取雞冠血祭神。一巫擊鼓，一巫擊鑼，首包紅帕，燃香燭錢紙，跳舞於中堂，且咒且歌，咒畢，又以鐵連環擲地，以視環之向背，名爲『丢刀卦』。視爲何鬼作祟，乃厲聲驅逐。手持水碗，舌作霹靂以驅之。鬼既逐矣，猶恐復來，乃以刀自斫其頂門，以皮紙粘血，點點如硃，貼於中堂，以鎮之。至半夜，又命小巫美貌者，假扮婦人作師娘，持香而舞，以酬神。酬畢，乃請觀賽諸客坐席，師娘從旁唱歌勸酒。歌皆七字，若所謂『伯伯若喫這杯酒，高壽活到九十九。伯伯不喫這杯酒，莫非嫌奴容貌醜』是也。勸酒有盤，諸客皆以散錢數文或數十文置盤中。此風甚鄙俚可笑，然亦往往多驗，禳後其病輒愈。更有巫病，亦請巫禳。太史公謂：信巫不信醫，爲一不治。殆不其然乎？

虎害

安縣屬之睢水關，其地多虎。由關至茂州屬之大石壩五十里，即睢水之源，其虎尤多。白晝入市，害人民牲畜不少。嘗有婦人，方於街後舉尻欲遺，虎忽躍出，銜之而去。其家急鳩人趨逐之，止見血迹淋漓，雙蹺委地，金蓮尚存，遂拾其兩足而歸，葬焉。土人因共建鎮山王廟於下場，香爐前猶以雙蹺祀之。今稍寧息，近日復出。有獨行者，有二三同行者。余有義子，忽無故私亡，謬傳走入大石。余親追之，因山荒乃止。曾有詩題於張三之店壁上，云：『小橋流水枕山椒，獵獵灘聲似海潮。聞道近來山有虎，望兒不憚隔山瞧。』

化緣

化緣者姓雷，四川大足縣人也，或云孔文進士之孫。初生時，有僧乞食於母門，遂名之爲『化緣』。生二歲，父母相繼死，育於安縣民陳和家。十餘歲，陳夫婦亦相繼死，輾轉寄養於灌縣之青城山下童老家。童老家素貧，無以自食。化緣衣破腹空，日日入山采薪以給。灌縣人見化緣負薪下山，輒持一升半升粟來易。化緣盡所負與之便去，亦不争較，連年如此。一日，天大雪，迷失路道，陷絶壑中。積雪可六七尺許，望見蒼崖古木若在雲霄，而腹中餓甚。忽有白髮老人荷杖而來，引之起，同行亂石間。至一大樹下，相與盤憩。少頃，又一紫衣老人，修眉便腹，策杖於前，亦來共坐，見化緣饑，爲斸黄精，生餌之，漸覺不餒。二老人乃指大樹，告之曰：『此是子前身脱化處也。』化緣不信，乃出囊中一神枕如鞋大，授化緣，枕之乃憬然而悟，遂起坐石上，二老人亦下地禮拜，尊曰『樵陽子』，轉盼忽失二老。化緣自此誓不出山，自稱『樵陽子』，終日結跏趺，危坐大樹下數月。有人逐伴入山采樵，遇見化緣敝衣蓬首，形如枯木，識是童家負薪兒，相與大异之，稍聞於外。灌令景君好奇士也，聞之，屏車騎，與二三賓客，左右徒行入此山中。涉溪登嶺，攀頓忘疲，乃至大樹下，果見化緣，具問所繇。化緣曰：『某前身托此樹中，今乃得復形爲人耳。』令遂命伐樹，操斧未下，忽樹中聲震如霹靂，火生其腹，劃然洞開，見遺蜕焉。身著布衲，髻頂鐵冠，腰繫黄絲縧，猶未爛。頭枕一劍，劍柔可繞指，髮垂覆額，已長尺餘，指甲盤旋，環至足下，尋復於蜕傍得石匣，匣中有券，其文字皆朱書古篆，不可卒讀。景君與賓客等各各驚歎而還，遂下令製龕，以奉遺蜕，并築庵，居樵陽子。灌縣人敬事之，以爲師祖。有問者，多不答。但頷首指心，教人於心地上自領悟宗旨而已。譚中丞秉鉞四川，爲樵陽子建大通觀於青城山下，至今存焉。

鐵拐李補傳

李鐵拐事不見諸書，唯王弇洲《列仙全傳》云：鐵拐先生，李其姓也，質本魁梧，早得道。修真巖穴時，李老君與宛丘先生嘗降山齋，誨以道教。一日，先生將赴老君之約於華山，囑其徒曰：『吾魄在此，倘游魂七日而不返，若甫可化吾七魄也。』徒以母疾迅歸，六日化之。先生至七日果歸，失魄無依，乃附一餓殍之屍而起，故形疲惡，非其質也。按《元人百種曲》岳伯川雜劇：鐵拐李，宋時人，本名岳壽，爲鄭州六案都孔目，造罪極多，爲閻王拘至，又入油鑊。吕洞賓見他有神仙之分，意欲度他，知其不壽，至冥司，乞做個徒弟，求放回陽。閻王云：『岳壽的妻將他屍骸焚化，還魂不的。今有奉寧郡東關裏青眼老李屠的兒子小李屠，死了三日，熱氣未斷。着岳壽借屍還魂去。』吕洞賓謂岳壽云：『如今着你借屍還魂，屍骸是小李屠，魂靈是岳壽，休迷了本來面目。若到人間，休戀着酒色財氣、人我是非、貪嗔癡愛。你聽者！前姓本多，後姓莫改，雙名「李岳」，道號「鐵拐」。後還魂，遂名「鐵拐李」。』鐵拐者，小李屠一條腿瘸，所拄之杖也。豈弇洲尚未見《元人百種曲》耶？因爲補其傳如此。

武穆三轉世

從來名將轉世，仍爲名將。岳武穆轉世，其初見於安陸州，舊有武穆祠，爲十八景之一。明世宗龍飛，陞州爲承天府，營造宮殿，祠遂湮廢。萬曆中守備杜正茂修得石碑，出而洗之，光澤可照，望之，中有人影。入夜，後卒守之，見一偉人躍出，騎白馬，冉冉乘雲而上，從者數百。遥見天門開，一人袞冕，迓之而入。守者驚伏，不敢出聲。比明，見碑上題一詩云：『北伐隨明主，南征拜上公。黄龍已盡醉，長侍大明宫。』一秀士録之。俄雷雨洗去。細味詩意，則武穆已轉世爲英國公。然名神轉生，終以兵解，故英國卒終於土木。又魏公徐鵬舉初生，夢武穆到家，云：『當受汝家供養。』則武穆在明，殆再轉世矣。本朝吾蜀威信公岳諱鍾琪，官至陝甘總督，有孫岳梅巢，管山東布政司經歷，與余莫逆，嘗謂余言：『威信初生時，太夫人夢一偉丈夫闖然而入，曰：「吾當再興我宗。」遂生公。』故一生功名赫赫，名與武穆相侔。據此，則又三轉世矣。

秦檜魂尚在

杭州西湖岳王墓前，有木皆向南固已，左右有大檜二株。明同知馬偉取檜，析幹爲二，植墓前，名『分屍檜』，亦足饜人心矣。正德八年，都指揮李隆範銅爲檜及檜妻王氏、万俟卨三像，反接跪墓前。萬曆中，兵備道范淶增張俊像。俊即南宋張、韓、劉、岳四名將之一人也，人稱鐵山張。岳之事，張力爲多。後撫臣王汝訓沉張俊、王氏兩像於湖。移秦、万二像跪祠前。今復鑄如故。本朝雍正末年，浙督李文達公名衛，一日，謁岳墓，見檜等跪像，笑曰：『此老跪久矣。余爲赦之。』是夜，見檜入夢稱謝，醒而詫曰：『余爲秦檜死矣。其魂尚在耶？』仍命重鑄跪像如前。今西湖墓前跪像，李公所鑄也。余過岳墓，曾有詩云：『張俊韓世忠劉錡岳四名將，南渡功名共頡頏。誰料是非千載定，鐵人中有鐵山張。』謂張俊也。

貂蟬本呂布舊妻

《升庵外集》世傳呂布妻貂蟬，史傳不載。唐李長吉《呂將軍歌》：『榼榼銀龜搖白馬，傅粉女郎大旗下。』似有其人也。然《羽傳》注稱：『羽欲娶布妻，啓曹公，公疑布妻有殊色，因自留之。』則亦非全無所自。按原文，關所欲娶乃秦氏婦，難借爲貂蟬證。而《元人百種》有《連環記》雜劇，其言：貂蟬與呂布本是夫妻分離，其事乃他書所不載，余記於此。其《連環拜月》一齣，有王允問貂蟬云：『願夫妻每早早團圓，那一個是你丈夫？』貂蟬跪云：『望老爺息怒。您孩兒不是這裏人，是忻州木耳村人氏，任昂之女，小字紅昌。因漢靈帝刷選宮女，將您孩兒取入宮中，掌貂蟬冠來，因此喚作貂蟬。靈帝將您孩兒賜與丁建陽，當日呂布爲丁建陽養子，丁建陽説將孩兒配與呂布爲妻。後來黄巾賊作亂，俺夫妻二人陣上失散，不知呂布去向。您孩兒幸得落在老爺府中，如親女一般看待，真個重生再養之恩，無能圖報。昨日與嬭嬭在看街樓上，見一行步從擺著頭踏過來，那赤兔馬上可正是呂布。您孩兒因此上燒香禱告，要得夫妻團圓。不期被老爺聽見，罪當萬死。』據此，則升庵所云不但似有其人，則真吕布妻矣。

關王講春秋

臨江有寺，獨供關王之神。嘉靖間，翰林張公春未達時，肄業其地。一夕，夢神告曰：『吾適病耳，君能治之，當有以報。』張覺，見蜂巢於像耳，爲剔去之。次夜夢神來謝，且曰：『君讀《春秋》，未知奥義。』乃爲講解數章，極有理趣。自是每夕皆然。張以所得質之人，無不欽服。及赴省試，復夢神曰：『君但行，我當輔君三場。』張未嘗構思，覺筆陣有神，滔滔不竭。時廣東霍某，渭崖子也，以麟經擅長，且家多秘書。閱張經義，出人意表，策皆秘書鄭夾漈中語，大奇之，力呈此卷。丁未會試亦然，殿試及第。張官翰苑，遇請文者紛沓，即懸筆禱神，神必代作，古雅博洽，時輩罕及。張與姜金和公同官，親言其事。此明嘉靖中事。關王好《左氏春秋》，而爲神猶以示人，真异事也，故録之。

桓侯送子

長洲縣長灘鎮火峰山之下，有張氏創立張桓侯廟。至獻可者，老而無子，詣桓侯廟，謁侯再拜，涕泣以禱。是夕，夢神告曰：『汝實吾裔，當有子名述。』明日與婦飲，見五色光氣如綫，投婦盃中，飲散而孕。明年生男，曰『述』。於是獻可捨己田，以爲廟。移樂温之楓，歸植於東西，徧示不忘本且志异也。述長而擢進士第，終職方員外郎。其亡也，外人皆見車馬鼓吹，坌入廟中，聲達遠邇。祝史起視，無所睹。逾旬，訃至。考其時日，適相符合。後旱乾淋溢、螟蝗疾癘，有請輒應。兩楓至高十餘丈，其大合抱，蔭芘數畝。及職方孫義方，又增大廊宇，跨門爲樓。而屬王均晦叔爲之記，此皆采記中語。以桓侯之威靈，千載之後，猶別具慈心，爲人送子，亦异事也，故并録之。

石亭公神异

石亭公墓在車家山下。有劉全禄者，綿州諸生也，設館墓傍。一日夜深，忽聞墓前似有多人笑語，又聞人馬之行聲。劉异之，開門視之，寂無一人。次日，得吾典試廣東信，劉謂余弟龍山曰：『此殆冥冥中先有人爲石亭公報喜也。』即相與具雞黍，酹酒墳頭，慶賀而散。至丁酉七月，村中忽謡言某山有紅衣鬼，某山有緑衣鬼，每至日暮，近山傍林，皆不敢走。劉素膽壯，不信鬼。一日外迴，果見山側有一紅衣人，貌甚猙獰，昂然立於道左，似與人争鬬，忿怒不息者，然問之不答，擲以土塊，忽然不見，遂仍至墓旁讀書。底夜，忽見紅衣人來窗前，將燈吹熄，劉遂昏迷不醒。夢中見一長大人排闥入室，盛服破膚，厲聲曰：『汝之仇敵乃劉全福，非全禄也。』間壁同學葉永謙、吴宗泗聞人喝聲，即至，將劉打醒。劉父一蜚先生鳳翥，亦庠生。時在塔水埸鋪中，聞而憂之，不知長大人爲何人，因卜於馬半仙。半仙卜曰：『汝子全禄，今年七月有灾。救汝子者乃西北方新降正神也。』從此，人皆傳石亭公爲神。越一年，一蜚先生夢隨石亭公，如在餘姚署時，謂一蜚曰：『害汝子者，吾以枷責，發往酆都矣。』然究不知全福爲何人也。嗣後，因命其子設石亭位於家，香祀一年，然後祭送。全禄，字六廉，亦曾受業於余，今已食廩，其子之藩亦入泮。此事親爲余言。

卷十一

神考上

關帝歷代封號

關聖帝君仕漢，封漢壽亭侯。後主景耀三年，追謚故前將軍關，曰壯繆侯。宋哲宗紹聖三年，賜帝王泉，祠額曰『顯烈廟』。徽宗崇寧元年，追封忠直（一作惠）公，大觀二年，加封武安王。宣和五年，敕封義勇武安王。高宗建炎三年，加封壯繆義勇王。淳熙十四年，加封英濟王。

明太祖洪武元年戊申，復原封，稱壽亭侯。於二十年正月，建廟於順天府正陽門之甕城内。永樂元年癸未十二月，建廟於都城宛平縣之東。成化十三年，建俗呼『白馬廟』，蓋隨之舊基也。又特頒龍鳳黄紵旗一，揭竿竪之，每歲正旦、冬至朔望祭祀，香燭等儀，俱有恒品。元天曆，復習加顯靈，故今稱壯繆義勇武安顯靈英濟王。正德四年己巳，賜廟曰『忠武』。又於三十五年丙辰，司禮監太監蓋錦、太保都督陸炳出白金兩千五百兩，重新當陽墓廟。前知縣黃恕原議准建。萬曆十八年正月，加封帝號，特頒衮冕、肆輯圖，首冕服，次巾幘，又次公襆，又賜額『顯佑』。以督河工部尚書潘季馴請，二十三年乙未，賜坊，名曰『義烈』。以伊府萬安王褒奏於河南洛陽建坊請。九月，以解州崇寧宮道士張通源題請，敕解州廟名曰『英烈廟』。三十三年甲寅十月十九日，太監李思奉旨到正陽門廟上，九旒珠冠一，真素玉帶一，四蟠龍袍一，黃牌一，加封三界伏魔大帝神威遠震天尊關聖帝君，醮三日，頒下，天下文武慶賀。熹宗天啓四年甲子，明祀典正神號，六月十三日，太常盧大申題稱：『追祀漢前將軍壽亭侯，原奉我皇祖特封三界伏魔大帝神威遠震天尊關聖帝君。業已帝，而祀文猶侯似不相蒙，仰祈敕下部查議云云。』奉聖旨，神號著遵炤黃祖加敕封祀，此關聖帝君所由稱也。

本朝大清會典，順治元年敕封神武關聖大帝。每年五月十三日祭，遣太常寺堂官行禮，不致齋。由本寺題請陳設貢品：帛一白色，白磁爵三，牛一、羊一、豕一，果品五：核桃、荔枝、圓眼、棗、栗各一盤，酒一尊。祭日，教坊司作樂，行三獻禮，每獻，三跪九叩頭，祀文曰：『唯帝純心取義，亮節成仁，允文允武，乃聖乃神，功高當世，德被生民，兩儀正氣，歷代明禋，英靈丕著，封號聿新，敬修歲事，顯佑千春。尚饗！』考明太常少卿黄芳田，以漢壽系封邑，而亭侯者爵也。上稱壽亭侯者誤，乃改稱漢前將軍壽亭侯關。愚按，孫承澤引宋司馬智《玉泉寺壽亭侯記》云，據此則公固壽亭也，然終以邑名爲是，夫以公之忠，貫一時氣。蓋千古封之爲王，豈公之志？至曰：『真君益不可聞於公也。』不若就本稱『漢前將軍漢壽亭侯關』爲得公之心。至於公之一生，則本朝崇封『忠義神武』四字，盡之矣。

忠顯王生辰

張桓侯廟在涿州南關五里，名『忠義店』，相傳爲侯賣肉之所，有磨刀石在焉。八月二十三日爲侯生辰，鄉人相率演戲祭賽，香火最盛。按此事正書不載，殆因《三國演義》而附會，其説至今流俗相沿。各（下闕）

梓潼帝君封號

（前闕）母昭德積慶慈叔恭慧妃。《清河内傳》：元累封輔元開化文昌司禄宏仁帝君。《萬曆總志》：左司獨孤氏七月十五生，因斬邛州蜃功，累封八字王。今掌文昌左班，封廣祐嘉應昌澤孚惠王。右司李斌八月十五日生，以破苻堅公，累朝加封八字王。今掌文昌右班，加封英惠忠烈翼濟正祐王。《清河内傳》：梓潼文昌君從者曰天聾地啞，蓋不欲人之聰明用盡，故假聾啞以寓意。夫天地豈可以聾啞哉？王逵《蠡海録》：元仁宗延祐三年七月日，加封輔元開化文昌司禄宏仁帝君。主者施行，敕曰：上天眷命，皇帝聖旨：唯明有禮樂，唯幽有鬼神，妙顯微之一貫，在天爲星辰，在地爲河嶽，形功用於兩間，矧能陰騭於大猷，必有對揚之懋典。蜀七曲山文昌宫梓潼帝君，光分張宿，友詠周詩，相予泰運，則以忠孝而左右斯民，柄我坤文，則以科名而選造多士。每禦救於灾患，彰感應於勸懲。貢舉之令，再頒考察之籍，先定賁飾，雖加於涣汗，微稱未究於朕心。於戲，予欲人材輩出，爾不炳江漢之靈。予欲文治昭宣，爾浚發奎壁之府。庶臻嘉貺，以答寵光。《道經》云：『二月初三，是日文昌帝君誕。』無名氏《翰墨大全》：『二月初三帝君生辰。』疏云：『北極建卯，方新三月之構，西蜀生辰，誕應五雲之瑞。瑶池啓宴，寶闕騰歡。恭唯帝君，名震梓潼，職嚴桂藉。銀鉤鐵畫，盡入神出聖之能；玉句金章，致泣鬼驚人之妙。輔佐玄天之主，闡揚《周易》之靈。某仰獻兕觥，俯陳燕賀，億千萬綿延之壽，刼刼長存。九十四變化之身，如如不動。』按，唐孫樵有《祭梓潼文》，李商隱有《張亞子廟》詩，莫或言其主文。按，仁和翟顥《通俗編》云：『《北夢瑣言》：梓潼縣張亞子神，乃五丁拔蛇之所也。或云，巂州張生所養之蛇，因而立祠，時人謂爲亞子，其神甚靈。』《十國春秋》『僞蜀紀·梓潼』，梓潼縣祠蛇神曰：『張惡子世子元膺被誅之夕，司祝者忽夢爲亞子所責，言我久淹成都，今始方歸，何祠宇荒穢？』若是由是，蜀人傳元膺爲廟蛇之精，依其説則其神不足輕重，可知後人不知，乃援詩。張仲孝友爲張亞轉世，以爲十世，爲大夫鄙誕。至此，愚謂文昌非張亞，亦非張仲，蓋蜀文翁也。蜀治文翁遣相如東授七經，於是蜀俗比於齊魯，宜立祠堂云云。調元按，圖志，神姓張，諱亞子，其先越巂人，因報母仇，徙居劍州之七曲山，仕晉，戰没，人爲立廟。姚萇伐蜀，至梓潼嶺，見一神人，謂之曰：『君早還秦，秦無主，其在君乎？』萇請其姓名，曰：

『張亞子也。』後果據秦稱帝，因立張相公廟，嗣代顯聖，故由濟順王加封至英顯王。至元仁宗延祐三年七月，乃加封輔元開化文昌祠禄宏仁帝君。文昌本天上六星，在北斗魁前，爲天之六府，其六曰『司禄』。道家謂上帝命梓潼神掌文昌府事及人間禄籍，故以文昌司禄封之，而天下學校亦皆立祠以奉之，此特誥册爵號，非謂即祠文昌星也。因元仁宗加封文昌司禄，人遂以文昌稱之，而京都及天下俱額曰『文昌宫』，其實即晋之張亞子也。十七世張仲轉世自屬，後人附會。觀歷代封號，并無張仲名可知，而翟顥不詳考正書，神自後秦，建張相公廟及歷代封爵，但就依文昌文字，遂妄臆爲文翁，可謂劈空杜撰，游談無根矣。至引蛇精事，特不知古『惡』『蚃』二字通用，因《爾雅》䟴『蚃』爲『蛇』，江淮人爲『蚃子』，遂疑爲『忙』，尤爲妄誕不經，不得不爲之辨。

川　主

《名勝志》：隋青城人趙昱與道士李旺游，屢徵不起，後煬帝辟爲嘉州守。時州有蛟患，昱令民臨江鼓噪，與其七人仗劍披髮，入水斬蛟，奮波而出，江水爲赤，蛟患遂息。開皇間入山，蹤迹之不復見。後運餉者見昱乘白馬引白犬，偕一童子，腰弓挾彈以游擊，儼若平生。唐太宗封爲神勇大將軍，廟祀灌口。明皇幸蜀，封赤城王。宋張詠治蜀，蜀亂，屢得神助蜀平事。聞封『川主清源妙道真君』。按《神异傳》作：昱左手犍爲潭中有老蛟爲害，昱率甲士千人夾江鼓噪，持刀入水，有頃，潭水盡赤。昱左手提蛟首，右手持刀，奮波而出。隋末隱去，不知所終。後嘉陵水漲，人有見昱青霧中騎白馬，從數獵者，於波面過。宋太宗封『神勇大將軍』，與此小异。按，今灌縣有趙公山，即公隱處也。元無名氏《清源真君六月二十四日生辰疏》：『孟秋行白帝之權，尚遲六日。中夏慶清源之聖誕，降九霄，易地權平，與天長久。恭唯清源真君，秀儲仙洞，威振靈關。破浪除妖，隨顯屠龍之手；含沙射影，特彰斬蜃之功。佐泰山生死之司，護佛法慈悲之教。某恩蒙波潤，澤遇河清，五十四州咸仰西川之主，億千萬歲永綏東土之民。』見《翰墨大全》。

土主

簡州城外東隅，有協濟廟。土主梅使君，漢南昌尉梅福之裔也，爲郡太守。生則遺愛萬民，死則享祀百世。唐玄宗幸蜀，夢一老人墜於梅井，五子扶而出之，見頂生肉角，詔問，乃此神。因錫爵土廟號。遇水旱，禱皆應。見《名勝志》。

藥王有三

藥王有三。

其一爲扁鵲。《史記》：扁鵲者，渤海郡鄚人也，姓秦氏，名越人。少時爲人舍長。舍客桑君過，扁鵲獨奇之，常謹遇之。而桑君亦知扁鵲非常人也。出入十餘年，乃呼扁鵲，私問與語曰：『我有禁方，年老，欲傳與公，公毋泄。』扁鵲曰：『敬諾。』乃出其懷中藥與扁鵲：『飲是以上池之水，三十日當知物矣。』乃悉取其禁方書，盡與扁鵲。忽然不見，殆非人也。扁鵲以其言飲藥三十日，視見垣一方人。以此視病，盡見五藏癥結，特以診4爲名耳。爲醫或在齊，號盧醫；或在趙，名扁鵲，名聞天下。過邯鄲，聞貴婦人，即爲帶下醫；過洛陽，聞周人愛老人，即爲耳目痹醫；來入咸陽，聞秦人愛小兒，即爲小兒醫，隨俗爲變。秦太醫令李謐自知伎不如扁鵲也，使人刺殺之。至今天下言脉者，由扁鵲也。《稗史彙編》：扁鵲墓在河間任邱縣，其祠名『藥王祠』。祠前有地數畝，病者禱神，乃以籤卜之，許，則云：從某方取藥。如言掘土，果得藥，服之無弗愈者。其色味不一，四方來者日掘千窟，越宿俱平壤矣。《宋史》景祐元年，仁宗不豫，許希針愈，命爲翰林醫官，賜緋銀魚及器幣，希拜謝，又西向拜。帝問故，對曰：『扁鵲，臣師也。敢忘師乎？請與所得金與扁鵲廟。』帝王爲築廟於城西隅，封『靈應侯』。《湧幢小品》：鄭州土城無門扉，相對如闕，中有藥王廟，即扁鵲人也，封『神應王』。神廟玉體違和，慈聖皇太后禱之，立奏康寧，爲新廟，建三皇殿於中，以歷代能醫者附焉。

其一爲唐孫思邈，號真人。按《舊唐書》：孫思邈者，京兆華原人也。七歲就學，日誦千餘言。弱冠，善談莊老及百家之説，兼好釋典。洛州總管獨孤信見而歎曰：『此聖童也。但恨其器大，難爲用爾。』周宣帝時，思邈以王室多故，隱居太白山。隋文帝輔政，乃徵爲國子博士，稱疾不起。嘗謂所親曰：『過五十年，當有聖人出，吾方助之以濟人。』及太宗即位，召詣京師，嗟其容色甚少，謂曰：『故知有道者誠可尊重，羨門、廣成，豈虛言哉？』將授以爵位，固辭不受。上元元年，辭疾請歸，特賜良馬及鄱陽公主邑以居焉。當時知名之士宋令文、孟詵、盧照鄰等，執師資之禮以事焉。思邈嘗從幸九成宮，照鄰留其在宅。時庭前有病梨樹，照鄰爲賦其序曰：『癸酉之歲，余卧疾長安光德坊之官舍。父老云，是鄱陽公主邑司，昔公主未嫁而卒，故其邑廢，時有孫思邈處士居之。邈道合古今，學殫數術，高談正一。則古之蒙莊子，深入不二；則今之維摩詰，其推步甲乙。度量乾坤，則洛下閎、安期先生之儔也。』照鄰有惡疾，醫所不能愈，乃問思邈：『名醫愈疾，其道何如？』思邈曰：『吾聞善言天者，必質之於人。善言人者，亦本之於天。天有四時五行，寒暑迭代，其轉運也，和而爲雨，怒而爲風，凝而爲霜雪，張而爲虹蜺，此天地之常數也。人有四肢五臟，一覺一寢，呼吸吐納，精氣往來，流而爲榮衛，彰而爲氣色，發而爲音聲，此人之常數也。陽用其神，陰用其精，天人之所同也。及其朱也，蒸則生熱，否則生寒，結而爲瘤贅，陷而爲癰疽，奔而爲喘乏，竭而爲焦枯。診發乎面，變動乎形。推此以及天地亦如之。故五緯盈縮，星辰錯行，日月薄蝕，孛彗飛流，此天地之危診也。寒暑不時，天地之蒸否也。石上土踴，天地之瘤贅也。山崩土陷，天地之癰疽也。奔風暴雨，天地之喘乏也。川瀆竭涸，天地之焦枯也。良醫導之以藥石，救之以針劑。聖人和之以至德，輔之以人事。故形體有可愈之疾，天地有可消之灾。』又曰：『膽欲大而心欲小，智欲圓而行欲方。《詩》曰：「如臨深淵，如履薄冰」，謂小心也；「糾糾武夫，公侯干城」，謂大膽也。「不爲利回，不爲義疚」，行之方也；「見機而作，不俟終日」，智之圓也。』思邈自云：『開皇辛酉歲生，至今年九十三矣。』詢之鄉里，咸云數百歲人。話周、齊間事，歷歷如眼見。以此參之，不啻百歲人矣。然猶視聽不衰，神采盛茂，可謂古之聰明博達不死者也。初，魏徵等受詔，修齊、梁、陳、周、隋五代史，恐有遺漏，屢訪之，思邈口以傳授，有如目覩。東臺侍郎孫處約將其五子侹、儆、俊、佑、佺以謁思邈。思邈曰：『俊當先貴，佑當晚達，佺最名重，禍在執兵。』後皆如其言。太子詹事盧齊卿童幼時，請問人倫之事。思邈曰：『汝後五十年位登方伯，吾孫當爲屬吏，可自保也。』後齊卿爲徐州刺史，思邈孫溥果爲徐州蕭縣丞。思邈初謂齊卿之時，溥猶未生，而預知其事。凡諸异迹，多此類也。永淳元年卒。遺令薄葬，不藏冥器，祭祀無牲牢。經月餘，顔貌不改。舉屍就木，猶若空衣，時人异之。自注《老子》《莊子》，撰《千金方》三十卷行於代。又撰《福禄論》三卷，《攝生真録》及《枕中素書》《會三教論》各一卷。子行，天授中爲鳳閣侍郎。

其一爲藥王韋慈藏。《舊唐書·張文仲傳》：文仲少與鄉人李虔縱、韋慈藏并以醫術知名。慈藏，景龍中光禄卿。自則天、中宗已後，諸醫咸推文仲等三人爲首。《新唐書·甄權傳》：後以醫顯者，京兆韋慈藏光禄卿，别無他事迹，而藥王之名亦不見於諸書。

今世所塑繪藥王，除扁鵲外，皆作孫思邈，并附會小説爲坐虎針龍像，并不言韋慈藏，而典禮所祀三皇廟，以藥王爲韋慈藏，未識所本。唯《釋氏稽古略》載，藥王姓韋氏，名古，字老師，疏勒國人。開元二十五年至京，紗巾毳袍杖藜而行，腰懸數百葫蘆，普施藥餌，以一黑犬自隨。凡有患者，古視之即愈。帝與皇后敬禮之，并圖其形容，朝夕供養，稱爲藥王菩薩。《太平廣記》亦載，嵩山道士韋老師者，性沉默少語，不知以何術得仙。常養一犬，多毛黄色，每以自隨。唐開元末歲，牽犬至岳寺求食，僧徒競怒，問何故復來？老師云：『求食以與犬耳。』僧發怒謾駡，令奴盛殘食與之。老師撫其首，乃出殿前池上洗犬。俄有五色雲遍滿溪谷，僧駭視之，其犬長數丈，成一大龍。老僧亦自洗濯，取緔衣，騎龍坐定，五色雲捧足，冉冉陞天而去。僧寺作禮懺悔，已無及矣。出《鷩聽録》。此與韋老師事亦相類。據前二説，則可稱藥王又作韋老師矣。老師豈慈藏之字歟？抑别一人歟？按《維摩經》云：『佛告大帝：過去無量阿僧祇劫時，此佛號曰「藥王」。』又《萬佛名經》：『南無藥王佛菩薩，又南無北方九十九佛百千萬同名大藥王菩薩。』據此，則藥王不獨一人矣。

灌口李二郎

宋高承《事物紀原》：廣濟王在永康軍導江縣李冰廟也。秦孝文王時，冰爲蜀郡守，自汶山壅江灌溉二郡。歷代以來，蜀人德之，饗祀不絶。《太平廣記》：李冰爲蜀郡守，有蛟歲暴，漂墊相望。冰乃入水戮蛟，已爲牛形，江神龍躍，冰不勝。及出，選卒之勇者數百，持强弓大箭，約曰：『吾前者爲牛，今江神必亦爲牛矣。我以太白練自束以辨，汝當殺其無記者。』頃呼吼而入。須臾，雷風大起，天地一色，稍定，有二牛鬭。見公練甚長白，武士乃齊射其神，遂斃。從此蜀人不復爲水所害。至今大浪沖濤，欲及公之祠，皆瀰瀰而去。故春冬設有鬭牛之戲，未必不由此也。祠南數千家，邊江低圮雖甚，秋潦亦不移，適有石牛在廟庭下。唐太和五年，洪水驚潰，冰神爲龍，復與龍鬭於灌口，猶以白練爲志，水遂漂下。左綿、梓潼皆浮川溢峽，傷數十郡，唯西蜀無患。《録异記》：天佑七年夏，成都大雨，岷江漲，將軍壤京口，灌江堰上，夜聞呼噪之聲，若千百人，列炬無數，大風暴雨，而火影不滅。及明，大堰移數百丈，堰水入新津江，李冰祠中所立旌幟皆濕。是時新津、嘉、眉水害尤多，而京不加溢焉。今縣西三十三里楗爲縣索橋有李冰廟，按即崇德廟也。宋扈仲榮監修，永康崇德廟即此。《水經注》：江水又歷都安縣，即文山縣邑治，劉備之所置也，有桃關。李冰作大堰於此，立碑六字，曰：『深淘潭，淺包鄢。』宋徽宗時，改封真君。《朱子語録》云：『蜀中灌口二郎廟，當時是李冰因開離堆有功立廟。今來現許多靈怪，乃是他第二兒子，初間吏而利之所及，不足以償其費。』元統二年，僉四川肅政廉訪司事吉當普，巡行周視要害三十有二處，餘悉罷之。召灌州判官張弘，計曰：『若甃以石，歲役可罷，民力可蘇。』弘遂出私錢，爲小堰，堰成，水暴漲而堰不動。乃具白行省及蒙古軍七翼之長、郡縣守宰，不及鄉里之老，各陳利害，咸以爲便。於是徵工發徒，即都江舊迹而治之。鹽井關限其西北，水西關據其西南，分江導水。因勢瀦堰，以鐵六千觔，鑄爲大龜，貫以鐵柱，鎮其江源，然後諸堰皆甃以石，範鐵以關其中，以桐油、石灰同雜麻絲搗熟，密苴罅漏。岸善崩者，築江石以護之，上植楊柳，旁種蔓荆，櫛比鱗次，賴以爲固。所至或疏舊渠以導其流，或鑿新渠以殺其勢。遇水會，則有石門泄蓄，自是水利。省臺上其功，詔揭傒斯記之。是役，石、功、金皆七百人，木工二百五十，役徒三千九百，蒙古居二千。糧千石有奇，石材萬餘，灰六萬餘觔，油半之，鐵六萬五千觔，麻五千觔，共四萬五千有奇緡。工畢，官積餘二封，封爲王。後來徽宗好道，謂他是甚麽真君，遂改封真君。向張魏公用兵，禱其廟。夜夢神語云：『我向爲王，有血食之奉，故威福德行。今爲真君，號雖尊，凡祭我以素食，故無威福。須復封我爲王。』魏公遂乞復其封。不知魏公是有此夢，還復一時用兵，記爲此説。翟顥《通俗編》云：『今二郎神所在多奉，而俗以《封神演義》謂神爲楊戩。』不知《封神》爲明嘉靖道家妄作，以誇道教之尊。書出未久也。灌縣城西十里，背山，樹大陰翳，廟貌崇隆，父子并祠。每春賽，士女赴趨，不絶於途。按《大玉匣記》云：

『六月二十六日爲二郎生辰，祭賽尤甚。』

附元：《揭傒斯廟碑記》

蜀堰舊爲李冰作，歷數千百年。所過沖崩蕩嚙，又大爲民患。有司以故事，歲治堤防，一百三十有三所，役兵民多者萬餘人，少者千人，其下猶數百人。役凡七十日，不及七十日，雖事治，不得休息。不役者，日出三緡爲庸錢。由是富者屈於貲，貧者屈於力，上下交病，會其費，歲不下數萬緡。大抵出於民者，什九藏於吏，而利之所及，不足以償其費。

趙公明

（前闕）又來祐曰：『卿許活，吾當卒。』思不答，曰：『大老子業已許卿，當復相欺耶！』見其從者數百人，皆長二尺許，烏衣軍服，赤油爲志。祐家擊鼓禱祀。諸鬼聞鼓聲，皆應節起舞，振袖，颯颯有聲。祐將爲設酒食，辭曰：『不須。』因復起去，謂祐曰：『病在人體中，如火，當以水解之。』因取一杯水，發被灌之。又曰：

『爲卿留赤筆十餘枝，在薦下，可與人，使著。出入辟惡災，舉事皆無恙。』因道曰：『王甲李乙，吾皆與之。』遂執祐手，與辭。時祐得安眠，夜中忽覺，呼左右，令開被：『神以水灌我，將大沾濡。』開被而信，有水在上被之下，下被之上，不浸，如露之在荷。量之，得二升七合。於是病三分愈二，數日大除。凡其所道當取者，皆死亡，唯王文英，半年後乃亡。所道與赤筆人，皆經疾病及兵亂，皆亦無恙。其向所云：『上帝以三將軍趙公明、鍾士季，各督數萬鬼下取人，莫知所在。』祐病差，據此則當是巫家所謂趙公明，而無所謂黑虎玄壇。按遂寧李如石實《蜀語》謂：『壇神名主壇羅公，黑面，手持斧，吹角，設像於室西北隅，去地尺許，歲暮則割牲，延巫歌舞賽之。』考《炎徼紀聞·黑羅羅》曰：『烏蠻俗尚鬼，故曰羅鬼，亦曰烏鬼，今市井及田舍祀之，縉紳家否。』杜詩『家家養烏鬼』，元微之『祭賽烏稱鬼』皆是也。據此，則言羅公而不言趙公明，大抵因面黑而附會黑虎，因黑虎而并取明嘉靖年間道士所作《封神傳》小説内之趙公明以附會其説，皆巫家之言，其實皆烏蠻之俗也。

王靈官

《道書》：崇恩真君姓薩氏，諱守堅，西蜀人。在宋徽宗時嘗從虚靖天師張繼先及王侍宸、林靈素傳學道法，累有靈驗。而隆恩真君則玉樞火府天將王靈官也，又嘗從薩真君傳授符法。國朝永樂中，有杭州道士周思得以靈官之法顯於京師府，附體降神，禱之有應，乃於禁城之西建天將廟及祖師殿。宣德中，改廟爲火德觀，封薩真人爲崇恩真君，王靈官爲隆恩真君。又建一殿崇奉二真君，左曰崇恩殿，右曰隆恩殿。成化初年，改觀曰宫，加『顯靈』二字。遞年换袍服，三年一小焚化，十年一大焚化，又復易以新製珠玉錦綺，所費不貲。每年萬壽聖節、正旦、冬至及二真君示現之日，皆遣官致祭，其崇奉可謂至矣。倪文毅公疏曰：『薩真人之法因王靈官而行，王靈官之法因周思得而顯，其法之所自，皆宋徽宗時林靈素輩之所傳。』一時附會之説淺謬如此，本無可信。况近年附體降神者，乃欽發充軍顧玒、顧綸之父子，其爲鄙褻尤甚，往往禱雨祈晴，杳無應驗，則其怪誕可知。但經累朝創建，一時難俱廢毁，所有前項祭告之禮俱各罷免，其四時袍服宜令本宫主持并庫役人等於每年更换之日，仍會同道篆司掌印官照舊依期更換，如法收貯，不必焚化，永爲定例。伏乞敕内府衙門，以後袍服等件不必再行製造，如此則曰：「用不至於妄費，而邪術亦可以稍貶也。」』翟顥曰：『據此，則靈官授法於薩守堅，薩受法林靈素，而林乃一詩奕道士爾。』不知今之塑像何以金盔、金甲、金鞭、金磚，以肖其威嚴如是也？

五顯

五顯之名不見於正書，唯明祝允明《集略》有《蘇州五顯廟記》云：『造化之數，五爲大紀。爰自三才奠居，而五行效用。象於天爲五緯，形於地爲五物，麗於人爲五德。幽明而共徹，質鬼神而無疑者也。五物之神在於上，爲五大帝，所謂靈威仰、赤熛怒、白招矩、汁光紀、含樞紐；而配於人帝，所謂太昊、炎帝、少昊、帝嚳、黄帝；官神所謂勾芒、祝融、蓐收、玄冥、後土，其致一也。』明堂既祀上帝，而《小宗伯》又曰：『兆五帝於四郊。』皇朝既祀星岳於郊墟，又爲五顯專祠於他山，亦其義歟？五顯所起，未審前聞。世所傳《祖殿靈應集》云：『與天地同本，始年逮光啓，降於婺源王瑜家，語邑人麇至，當血食於此。於是，建宇棲之，功佑丕格，邑人依怙。初名廟爲五通，大觀以後，累封王秩，遂有五顯之稱。』宋迪功郎國史實録院編校文字胡升所作《星源志》，則疑《會要》不載姓氏，而推本於五行，亦近雅論。升又辨：『五通之説，按李覯作《五通祠記》，主在報德，不知其他。此云政和已廢五通，宣和始封五顯，審邇則非五通，明矣。又《佛典》則爲華光藏菩薩之化，夫自執一者觀之，以爲神祇鬼判，然不相謀也。且三皇二帝固皆人鬼，何亦麗於是乎？聖既有之，賢亦宜然。蓋一元合分，精英旁魄，或於天，或於地，或於人，無不可者，唯圓機者其知之矣。吴郡行祠未知所始，或曰始於建炎，即織里橋南朱勔舊苑地爲之。嘉熙中比丘圓明重建正殿。寶祐甲寅通復鼎新，又增大雄寶殿於東序。景定以後，正知善已，繼新三門、兩廡，以逮行日踵持。月有閲經之會，歲修慶福之儀。入至元間日，又勸善男子孫子發與子弟榮特，建華光前閣，元貞衆力復成。後閣大德中如海購地拓廣，再置吴江田爲長明燈油，及贍衆費。延祐丁巳，寓公葉武德又作圓通殿，此皆延祐七年，吴江州儒學教授顧儒寶《記平江萬壽靈順行祠》所述也。暨入皇朝嗣者不弛，而歲久頹毀。正德初，同守李公恒聽訟，於是乃加葺飾更剏傑閣。今主僧某來謁余記。於戲，以神之靈貫三才，通古今，遵乎上，而信徵諸下。而從衆既歸正，徒宜護持，予敢從民以徼於神？尚有异休，如水以沛，如火以光，翊聖圖，煦生數，以昌於無疆哉！據此，則五顯正神，其來舊矣。吾南村綿安交界有山直插河滑，曰象鼻觜。崖上舊有五顯廟，未知何代頹廢。嘉慶九年二月，綿竹民人患瘵疾，百醫不治。疾已垂危，有一雲游道人自言能醫。延至家，於囊中探一紅丸，使吞之，曰：『得此可除。』依方服之，果痊。以金帛謝之，不受，問其姓，曰：『姓蕭。』問其家，曰：『象鼻觜居住。』痊後，至其處訪之，遍問山下，顯無姓蕭者。有父老沉吟，久之謂某曰：『曾記兒童時，聞祖父言，山原有五顯廟，毁於明季。聞《三教源流》：五顯父爲蕭永福，宋時人，一胎五子，俱以顯字爲派。長曰蕭顯聰，次曰顯明，三曰顯正，四曰顯直，五曰顯德。四顯俱有仙根，而五顯尤靈异。能降妖救難，故民争立廟祀之。意者其殆是歟？』某遂籤卜之，果投籤如響，遂投之百金爲之立廟。草創初就，凡有來問者，無不應驗。一時遠近諸民持香燭、紙馬者，日以千計。餘時適走失伶童戴富順，問神何日可得，神以籤告：『定於九月初五日，有人送回。』至期果應。時衆善士適修大殿，遂爲之舍大柱四根，大梁一架，并書諸伶十六人姓名於上，以求神佑。至今，廟貌巍然矣。諸伶皆屢逃屢獲，其神之庇乎？

馬王

《周禮》：春祭馬祖，夏祭先牧，秋祭馬社，冬祭馬步。其文甚明。今北方府州縣官，凡有馬政者，每歲六月二十二日祭馬神廟，而主祭者皆不知所祭之神。嘗在定州，適知州送祭馬廟胙，因問所祭馬神何稱？對以馬明王之神。及師生入揖，問之亦然。不知明王乃神明之通稱，非如馬頭娘之馬明王也。蓋《周禮》不明久矣。但不知太僕寺致祭如何？未及問也。

牛王

今人多於十月初一日相率祭牛王。牛於農家有功，以報本也。但不知其始。按《列异經》：『秦文公伐梓樹，梓樹化爲牛，文公遣騎擊之，騎墮地披髮，牛畏之，入水不出，没豐水中，秦乃立怒特祠。』按此，即今牛王廟之始也。按《大玉匣記》：牛王之辰在七月二十五日，今用十月初一者，以七月農方收穫，故相沿改期，以便民也。

龜蛇二將

《酉陽雜俎》：『大和中，朱道士者游廬山，見澗石間蟠蛇如堆錦，俄變巨龜。訪之山叟，云是真武現。』《靈應録》：『沈仲霄子於竹林見蛇纏一龜，將鋤擊殺之。其家旬日内相次而殞。有識者曰：「玄武神也。」』按《雲麓漫鈔》：『玄武本北方之神，祥符間，避諱改真武。後於醴泉觀，得龜蛇，道士以爲真武現，自後奉事益嚴。其繪像披髮、黑衣、仗劍、踏龜蛇，從者執黑旗焉。』據諸説，則龜蛇即真武化現，不特爲從將也。

卷十二

魁星

魁星，《日知録》謂：『魁』當『奎』之訛。奎爲文章之府，文士宜祀，亦屬調停説耳。今祠觀中多祀其像，漸及學宫，不知何時所起。《樵書》奉魁星踢斗圖，以爲宜科名。『魁』字乃魁抱斗鬼之脚，右轉如踢北斗，然所謂魁星踢斗者，不過藏一魁字，以爲得魁之兆耳。抑有見魁星之像而得高科者，夢魁星之降而奪錦標者，豈天上真有藍面赤髮之精而爲文星哉？陳公士奇督學於蜀，蜀人臨科場，必泥塑小魁星而賣之。士奇呼各茂才而出一句曰：『賣魁星，買魁星，虧心不買，虧心不賣。』諸生無對。次日，又呼諸生而對前句曰：『真胭脂，假胭脂，焉知是假？焉知是真？』據此，則魁星不足盡信矣。

太歲非凶

《論衡·難歲篇》：工技之説移徙，抵太歲凶，負太歲亦凶。太歲之有禁忌久矣，而亦不然。岳珂《桯史》云：『建隆三年五月，詔增修大内，時太歲在戌，司天監以興作之禁，毋繕西北隅。藝祖曰：「東家之西，即西家之東，太歲果何居焉？使二家皆作歲，將誰凶？」於是即日涖撤，一新之。』又《贊寧傳》載：『吴越時人董表儀，欲撤屋掘土，陰陽家言：太歲居此方，不可具工。既而掘深三尺許，得一肉塊。人言即太歲也。董投之河，後亦無禍。』又《廣异記》：『晁良貞，性剛不怖鬼神，常掘太歲地，見一白物，鞭之數百，送通衢，夜使人陰聽之。三更後，車騎甚衆，問太歲：「何故受此屈辱，不讎報之？」太歲曰：「彼方榮盛，無奈之何。」』按《癸辛雜志》，《淮南子》：『青龍爲天之貴神。』青龍即太歲异名也。據此，則太歲亦非盡凶星矣。今人家修造，避之唯謹，亦不必矣。

城隍生辰不同

城隍之名見於《易》，若廟祀始見昌黎文，而蕪湖城隍祠建於吴赤烏二年，則又不獨唐而已。宋以來共祀遍天下，或賜廟額，或頒封爵，至或遷就附會，隨指一人，以爲神之姓名。如都城隍爲蕭何。鎮江、慶元、寧國、太平、華亭、蕪湖等郡邑皆以爲紀信。龍且、贛兖、瑞吉、建昌、臨江、南康皆以爲灌嬰是也。《記》曰：『天子大蠟八，伊耆氏始爲蠟。』注曰：『伊耆氏，堯也。蓋蠟祭八神，水庸居七，水則隍也，庸則城也。此正城隍之始。』《春秋傳》鄭炎祈於四鄘，宋灾殺馬於四鄘，皆其證也。庸字不同，古今通用耳。由是觀之，城隍之祭，蓋始於堯矣。城隍有京都城隍，各處府、州、縣城隍。都城隍廟在元爲佑聖王靈應廟，刑部街。按《元史》天曆二年，加封爲護國保靈王，夫人爲護國保寧王妃。至於生辰，《玉匣記》言：『五月十一日，爲城隍聖誕。』按元劉應李《翰墨大全》，《神祠門·慶賀疏》語於各神，俱言生辰，而於城隍，直云：五月二十八日慶賀，并不言生辰，亦非十一日。豈非都城隍异日乎？抑二十八爲裕沿慶賀之期乎？其二十八日慶賀疏語云：日餘二日即更。《建午之書》云：『燦五雲喜遇生申之日，歡喜載路，和氣滿城。恭唯城隍，土主（全號）封，乃文乃武，作威作福。呼吸須臾之雨露，叱吒俄傾之雷霆。佐漢有功，四百載綿延社稷，配天無極億萬年帶礪山河。赫赫厥靈，洋洋如在。某等素喜蒙恩之人，幸逢震夙之初，壽永基圖，願借椿靈而爲壽；封褒忠惠，更看芝檢之增封。』繹其詞亦祝嘏壽之意也。所云佐漢者，抑或沿俗傳蕭相國也。閲本朝《會典》：順治八年八月二十七日，祭城隍之神。是亦未言及生辰也。今民間以五月廿八爲生辰，殆習俗之相沿也。

壁山神

壁山神乃蜀中之神也。見《北夢瑣言》：合州有壁山神，鄉人祭，必以太牢烹宰，不知紀極。蜀僧善曉，早爲州縣官，苦於調選，乃剃削爲沙門，堅持戒律，雲水參禮。行經此廟，乃曰：『天地郊廟，薦享有儀，斯鬼何得僭於天地！牛者稼穡之資，爾淫其禮，無乃過乎？』乃命斧擊碎土偶數軀，殘一偶，而僧亦力困。稍蘇其氣，方次擊之。廟祝祈僧曰：『此一神從來蔬食，由是存之。』軍州驚愕，申聞本道，而僧端然無恙。蓋以正理責之，神亦不敢加禍也。此條，《太平廣記》引入『淫祀門』，然今蜀人俱祀之，則必有益於民，不可謂淫。然塑像旁列兩夫人，相傳皆娶民間女子，則又不可解也。

蕭公神

今江西人俱祀蕭公神，不知何始。按《稗史彙編》，蕭公者，清江市里人，平生樸直，不妄言笑，年八十二，無疾坐亡。家人以桶盛屍，置中堂祀之。其家瀕江，累爲水蝕，失一鐵貓。一日，鄰人行舟，見蕭公寄一鐵貓，曰：『此吾家物，煩君附載至蕭灘下。』其人辭以重，公舉手携至舟，輕如一葉。其人受之，丁寧而別，亦不知其死也。至灘告以其家，乃大驚。置於水次，遂不復圮。蕭公之生也，嘗與鄉人飲，座間隱几少瞑，須臾起，顧座客曰：『適江中有覆舟者，吾往救之，凡幾人生矣。』好事者亟往江濱物色之，其言信然。能分身四出，或一時爲人招邀，處處赴之，暨會語及，各有一蕭公也。歿遂爲神。

太祖伐僞漢鄱陽湖之役，敵人言：『正見空中有數萬甲兵，皆衣紅以爲助。戰幟上大書蕭公字。』由是，太祖加以封爵，各軍衛廟祀之，其家至今族屬蕃盛。子孫、家人死者亦多隸公部下爲陰官、陰兵，以專以拯溺爲事。往往降鸞箕，判禍福。人有受福欲報有咨於神，神或判云：『要銀若干或金錢粟米之屬。』判其數，令送其家，或運箕作家書，道及家事，又云：『今遣人送回某物若干。』每歲恒有數百金寄回家，賴以給。凡年長黄帽，事之最謹，而兵衛將士及漕運官軍尤極誠篤，聞外夷之人亦奉祀之。

《戴冠筆記》：歸叔度，崑山人。洪武初避事，挈妻子之蜀。至某州，暮抵一民舍，寓宿坐定，一老翁負笠而來，顧叔度曰：『子南來良苦。』叔度疑其爲邏者蹤迹至此，意頗恐。翁曰：『子無怖，吾故此土民也。』叔度始以入蜀告。翁曰：『此去蜀甚遠，况道非所由，子將焉往？』叔度顧妻子歎且泣。翁曰：『姑就寢，明日我爲子先導，吾每十步束草爲識，子行第視所結草盡處，問蕭公家，吾其遲子矣。』叔度俯首謝。詰旦，趣妻子起就，道果見束草，皆不出十步外。視有草處行，行皆闃然幽絶之境，然路徑皆平坦，不覺有跋涉之艱。叔度心异之。日未夕，抵山下，相與憩一巨石。

回顧向所跋處，巖險崒嵂，若在天上，而所結草至是亦無有矣。叔度自詫：『蕭公其神乎？』頃之，彷彿聞雞犬聲。俯瞰石下，見居民十數家，趨往投之。民皆驚，問所自來。語以老翁先導之意，且問孰爲蕭公家？衆詰其狀貌，曰：『得非長身而荷笠者乎？』曰：『然。』衆賀曰：『公大有福人，得神相助。』遂指小丘謂曰：『此即蕭公家矣。』叔度趨進，見有廟巍然，入門，拜像儼如昨暮所見者。叔度稽首再拜。衆相率具雞黍，留之數日，各致饋遺而别。别未三日，即抵成都。叔度居成都二十餘年始還鄉，後年九十餘尚强力善飲。按《大玉匣記》，四月初一日爲蕭公生辰。故江西人率於是日演劇祭賽焉。

晏公神

晏公神者，亦江西人，詳見李笠翁《比目魚》傳奇。言神十月初三日生辰。按《稗史彙編》：國初，江岸常崩，傳猪婆龍於下搜抉故也。有老漁翁者，教以炙猪爲餌以釣之，而力不能起。老漁翁曰：『四足爬，土石爲力耳。當以甕通其底，貫鈎繒而下之，甕罩其項，必前二足推拒，從而并力掣之，則足浮而起矣。』已而果然。老漁翁曰：『告天子，江岸可成矣。』衆問姓，曰：『晏姓。』忽不見。後岸成，太祖悟曰：『昔嘗救我於覆舟山。』遂封晏公都督大元帥，廟而祀之。以《爾雅》考之，『有翼曰鼉，狀如守宫，長一二丈，背尾有鱗鎧，力最遒健，善攻奇岸。』則晏公所稱，始即鼉也。

張仙

陸深《金臺紀聞》：世所傳張仙像，乃蜀王孟昶挾彈圖也。蜀亡，花蕊夫人入宋宫，念其故主，偶携此圖，遂懸於壁，且祀之謹。一日，太祖幸而見之，致詰焉。詭曰：『此我蜀中張仙神，祀之令人有子。』非實有所謂『張仙』也。蜀中劉希向余如此説。按，即郎瑛《七修類稿》所載，言張仙名遠霄，五代時游青城山得道。蘇老泉曾夢之，挾二彈，以爲誕子之兆，敬奉之，果得軾、轍，贊有見集中。人但謂花蕊假託，不知真有一張仙也。按，高青丘有《謝海雪道人贈張仙畫像詩》亦云：『蘇老泉嘗禱而得二子。』孟昶曾屢入朝朝太祖，寧不辨其貌而爲花蕊所紿耶？或以爲即張仲尤非。按《詞芻録》云：『張遠霄，眉山人。一日見老人持竹弓，以鐵彈三質錢三百千，張無靳色。老人曰：「吾彈能辟疫癘，宜寶而用之。」後再見老人，遂授以度世法。熟視舉首，見其目中各有兩瞳子。』此其證也。又《纂要》云：『邛州崇真觀，昔仙人張遠霄者，往來於此，每挾彈視人家有災者，爲擊散之。』此其故居者。《大玉匣記》云：『十一月二十三日爲張仙生辰，此日設位求子大吉。』按挾彈弓之説，有亦所本。《月令》：『元鳥至，以太牢祠高媒，後妃率太嬪，乃禮天子所御，於高媒之前。』疏云：『天子所御，謂今有娠者。於祠，大祝酌酒，飲於高媒之前，以神惠顯之也。帶以弓韣，授以弓矢，求男之祥也。』《王居明堂禮》曰：『帶以弓韣，禮之媒下，其子必得天材。』疏云：『禮此所御之人於媒神之前，媒神必降福。』故曰：『其子必得天材。』此張仙弓彈之本也。

壽星

壽星，《爾雅》：亢、角也。注云：『數起亢、角，列宿之長，故云壽。』按《史記·封禪書》，社臺有壽星祠。索隱云：『壽星，蓋南極老人星也。祠之以祈福壽。』《宋史·禮志》：唐開元中，特置壽星壇，常以千秋節日祭之。今世俗畫壽星，頭每甚長。據《南史·夷貊傳》：毗騫王身長丈二，頭長三尺，自古不死，號長頸王。畫家意或因乎此。然則所畫乃毗騫王，非壽星矣。

鍾馗

沈括《補筆談》載，唐人《題吴道子畫鍾馗記》略云：『明皇夢二鬼，一大一小。小者竊太真紫香囊及明皇玉笛，繞殿而奔。大者捉其小者，擘而啖之。上問：「爾何人？」奏云：「臣鍾馗，即武舉不捷之士也。誓與陛下除天下之妖孽。」』《五代史·吴越世家》：『歲除，畫工獻《鍾馗擊鬼圖》。』『鍾馗』與《考工記》云『終葵』者通，其字反切爲椎，椎以擊邪，故借其意以爲圖象。明皇之説，未爲實也。

和合二聖

《游覽志餘》謂：『和合神，即萬回。』按，《太平廣記》引《談賓録》及《兩京記》：萬回姓張氏，弘農閿鄉人也。其兄戍役安西，父母遺及問訊，朝齎所備往，夕返其家。弘農抵安西萬餘里，因號『萬回』。今和合以二神并祀，而萬回僅一人，不可以當之矣。國朝雍正十一年封天台寒山大士爲和聖，拾得大士爲合聖。按，寒山、拾得，乃唐二詩僧也。

五道

《通幽記》：皇甫恂，字君和。開元中，授華州參軍。暴亡，其魂神若在長衢路中，夾道多槐樹。見數吏擁篲，恂問之，答曰：『五道將軍常於此息焉。』恂方悟死矣。見一老姥，擁大蓋，乘駟馬，從騎甚衆。視之，乃其親叔母薛氏也。隨至大殿，叔母據大殿，命坐，曰：『兒豈不聞地獄乎？此其所也。兒要知官爵不？』曰：

『願知。』俄有黄衣抱案來視之，見太府卿貶綿州刺史，其後掩之，曰：『不合知之。』令二人送出，見一鐵床，有僧以釘釘其腦。視之，門徒胡辦也。來寫《金光明經》一部，方得作畜生又行，遇一羊三足，截路吼噉，問之，言：『某年縣尉廳上，見到刳割羊足。』恂方省之，許爲誦《金剛經》，乃去。二吏亦各乞一卷，乃曰：『不送矣。』遂活，而殯棺中，死已六日矣。恂後果爲太府卿，貶綿州刺史而卒。《留青日劄》：今謂五道將軍，盜神也。余意出於《莊子·胠篋篇》：妄意室中之藏，聖也；入先，勇也；出後，義也；知可否，知也；分均，仁也。是五者豈所謂五盜耶？

五通

江南之間多有通神，又有五聖廟。疑爲二神。閲《龍城録》：柳州舊有鬼，名五通。余始到，不之信。一日偶發篋易衣，盡爲灰燼。乃爲又醮訴於帝，帝愬我心，遂爾龍城絶妖邪之怪。《武林聞見録》：嘉泰中大理寺決一囚。數日，見形獄吏云：『泰和樓五通神虚位，某欲充之，求一差檄，言差充某神位，得此爲據可矣。』如其言，經數月，人聞樓上五通神日夜喧鬨。吏乃泄前事，爲增塑一像，遂寂然。按今委巷荒墟多建矮屋，繪版作五神像祀之，謂之五聖。《留青日劄》云：『即五通神也。或者謂明太祖定天下，封功臣，夢陣亡兵卒千萬請恤。太祖許以五人爲伍，處處血食。乃命江南家立尺五小廟，俗稱爲五聖堂。依其説，則五聖即五通矣。

西王母

世傳西王母爲天上之神。按西王母三字，見《爾雅》《大戴禮》：舜時，西王母獻白玉琯。是西王母特海外國名，如後世八百媳婦之類，非神人也。《山海經》言：『其狀如人，豹尾虎齒，蓬髮戴勝，是司天之厲及五殘。』神人之説乃自此起。然司灾厲及五刑殘殺之氣，則亦非吉神也。唯《穆天子傳》言：『天子觴西王母於瑶池之上。西王母作謡有「將子無死」句。』《吴越春秋·陰謀傳》：大夫種進九術，一曰尊天事鬼，以求其福。越王乃立東郊祭陽，名曰東皇公，立西郊祭陰，名曰西王母。事之一年，國不被灾。由是，祈福壽者循以爲習，設爲貴婦人像祀之。今之西王母所由倣也。《酉陽雜俎》云：『西王母姓楊，名回，一名婉衿。』《集仙録》云：『西王母者，太廟龜山金母也，姓侯氏，三界十方，女子之登仙者得道者，咸隸焉。』《山海經》所云乃王母所使金方白虎之神，非王母真形也。

水府三官

三官之名見《後漢書·劉焉傳》注引《典略》：熹平時，漢中張角爲五斗米道，以符咒療病。其請禱之法，書病人姓氏，説服罪之意，作三通，其一上之天，其一埋之地，其一沉之水，謂之『三官手書』，使病者家出五斗米以爲常。按此，天、地、水三官造端之確據。謝氏《文海披沙》、郎氏《七修類稿》各以木金水臆説附會道藏，謂三官俱周幽王諫臣，一曰唐宏；一曰葛雍；一曰周實，皆未有實徵也。其神之尊奉於世。申漢以來，蓋未嘗絶。按《通志》有《三元醮儀》一卷，《宣和畫譜》『大曆中周晦有三官像』，其來舊矣。

竈王

今人謂人面黑者比之竈王，非也。按《莊子·達生篇》：『竈有髻音義。』司馬彪云：『髻竈神，著赤衣，狀如美女。』許慎《五經通義》謂：『竈神姓蘇，名吉利，妻王氏名搏頰。』《酉陽雜俎》：『竈神名隗，狀如美女。又姓張，單字子郭，夫人字卿忌，有六女，皆名爲察洽。常以月晦日上天白人罪狀，大者奪紀，紀三百日；小者奪算，算一百日。其屬神有天帝嬌孫、天帝大夫、硎上童子、突上紫官君、太和君與玉池夫人等，皆竈神之所屬也。』據此，則灶神狀如美女，非黑面也。至流俗或稱之曰竈君或曰竈王，《戰國策》：復塗偵謂衛君曰：『昔日臣夢見竈君。』唐李廓《鏡聽詞》曰：『匣中取鏡辭竈王。』則君可稱，王亦可稱也。

護法伽藍

伽藍不知何神，於正書始見後魏楊衒之所撰《洛陽伽藍記》。按《佛國記》云：

『法顯至烏萇國，佛法盛甚，名衆僧住止處爲僧伽藍，凡有五百僧伽藍，皆小乘學。所謂伽藍者乃衆僧止處，非神名也。而今世俗皆稱爲伽藍護法，又曰護法韋馱。韋馱有像，而伽藍無像。按，天神，正書見於梁武帝文《翻譯名義》，此云：『符檄，用徵召也。』』亦不言護法。護法者，蓋跋闍羅波膩也。跋闍羅膩，此言金剛。波膩，此言乎謂手執金剛，因以立名也。今亦狀其像於伽藍之門。明錢希言作《獪園》謂：『僧如瑞，號心光，常熟人。於雪夜投正覺庵宿，見其破廢，誓願重修。先編棚，立其中，晝夜誦經。其夕，吴縣令宏道夢與長洲令江盈科并駕出楓葉橋迎接御史。忽見岸上有一白鬚老父，身著緑衣，揖袁令而告之曰：「我吴中枝指道人祝允明是也。帝命爲正覺庵伽藍神，助心光和尚重興道場。公有文名，煩作一記。」既覺，异其事，明日語於江。三日後，報新御史按臨。二公果出楓橋迎候。袁召里正而問之，曰：「此地有正覺庵乎？」對曰：「有之，但廢久矣。今有一外方僧來結棚募化，尚無人作緣也。」袁復問曰：「其僧得非名心光者乎？」又對曰：「然。」二公相與驚歎，果契夢中之言。因推江撰文，共捐羨鏹捨施。遠近争輸，助造殿堂，兼築精舍。不逾三載，遂成大叢林矣。袁後擢爲天官員外郎，具奏其事於闕下。詔取庵額曰「敕賜慈泰護國禪寺」，施經一藏，遣中貴護送至寺中，別創藏經閣貯之。後袁移病還公安時，擇日飯僧。其夕復夢祝京兆來謂曰：「願遲一日設齋，明晚尚有一僧來也。」屆期，果心光長老自吳門至，遂改設同飯。京兆之兩感异夢，斯亦甚奇。今爲寺中伽藍神，奉香火之薦焉。』似此，則伽藍乃祝枝山也。

門神

道家謂門神有二：左曰門丞，右曰户尉。非也。按《禮·祭法》：『大夫三祀：門，行，族厲。』《喪大記》『君釋菜以禮』，注『禮門神』。『門神』二字見此。《楓窗小牘》云：『靖康前，汴中門神多番樣，戴虎頭盔。而王公之門至以渾金飾之。又《月令廣義》云：『近畫門神爲將軍、朝官諸式，後加爵鹿、蝠囍、寶馬、瓶鞍等狀，皆取美名，以迎祥祉。』此言是也。今世俗相沿正月元旦，或畫文臣，或書神荼、鬱壘，或畫武將，以爲唐太宗寢疾，令尉遲恭、秦瓊守門，疾遂愈，皆小説之言也。

閻羅王

閻羅王，昔爲沙毘國王，嘗與維陀如生王戰，兵力不敵，因立誓願爲地獄主。臣佐十八人，悉忿懟，同誓曰：『後當奉助，治此罪人。』十八人即主領十八地獄也。又引《閻羅王五天使者經》：人死當墮地獄，則主者持行，白閻羅王，具其善惡。閻羅王爲現五使者而問言。按如所言，閻羅原衹一人治事分，現則爲五人，其僚佐則十八人。今釋子云：『十殿閻羅無一可合。』《睽車志》曰：『張叔言，判冥鬼有十人，而十人内兩是婦人。』《翻譯名義》亦云：『閻羅一名琰魔。』此云雙王。其兄及妹皆作地獄主，兄治男事，妹治女事，故曰雙王。而今所畫十王并無女像，轉輪王主治四天下，非主冥道。今概列十五中彼教之説，已難莊論，而世之談彼教者更非其本教矣。

按，閻王名見《韓擒虎小傳》，則此稱由來舊矣。

牛頭馬面

今嶽廟中十殿旁多塑牛頭、馬面，并狀其形皆人身而牛馬其首。此本《冥祥記》所載：宋何澹之病，見鬼形如此，手執鐵叉而塑其形也。按《傳燈録》國清奉曰：『釋迦是牛頭獄卒，馬祖是馬面阿旁。』又《翻譯名義》：頻那是猪首，夜迦是象鼻，則似是譬喻。今但言牛頭、馬面，而不言猪首、象鼻，則又何也？

夜叉

俗諺云：『喜時像菩薩，怒時像夜叉。』此亦有本。唐詩遺句有云：『芍藥花開菩薩面，稷櫚葉載夜叉頭。』按《翻譯名義》：夜叉，此云勇健，亦云暴惡，舊稱閱叉。《西域記》云：『藥叉之訛羅叉，此云速疾鬼，其女者則名羅叉斯。』據此，則夜叉亦分男女。故詩、諺皆以菩薩對夜叉也。

稀見筆記叢刊

已出版

獪園　〔明〕錢希言 著

鬼董　〔宋〕佚名 著　夜航船　〔清〕破額山人 著

安安録　〔清〕朱海 著

古禾雜識　〔清〕項映薇 著　鐙窗瑣話　〔清〕于源 著

續耳譚　〔明〕劉忭等 同撰

集异新抄　〔明〕佚名 著　〔清〕李振青 抄　高辛硯齋雜著　〔清〕俞鳳翰 撰

翼駉稗編　〔清〕湯用中 著

籜廊瑣記　〔清〕王守毅 著

風世類編　〔明〕程時用 撰　闇然堂類纂　〔明〕潘士藻 撰

新鐫金像評釋古今清談萬選　〔明〕泰華山人 編選

疑耀　〔明〕張萱 撰

退庵隨筆　〔清〕梁章鉅 編

述異記　〔清〕東軒主人 撰　鸝砭軒質言　〔清〕戴蓮芬 撰

仙媛紀事　〔明〕楊爾曾 輯

狐媚叢談　〔明〕憑虛子 編

藏山稿外編　〔清〕徐芳 著

見聞隨筆　〔清〕齊學裘 撰

見聞續筆　〔清〕齊學裘 撰

搜神記　〔唐〕句道興 撰　新搜神記　〔清〕李調元 撰

即將出版

廣　新　聞　［清］無悶居士 編　聞見异辭　［清］許秋垞 撰

在野邇言　［清］王嘉楨 撰　薰蕕并載　［清］王　昺 撰

松蔭庵漫録　［民國］尊聞閣主 輯

陰　陽　鏡　［清］湯承萛 輯